우물쭈물하다
이럴 줄 알았지

우물쭈물하다 이럴 줄 알았지

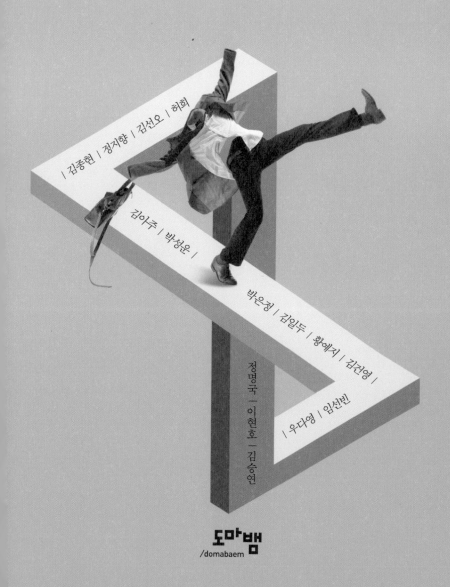

| 김종헌 | 정지향 | 김선오 | 허희

김이듬 | 박성준 |

박은정 | 김일두 | 황예지 | 김건영 |

정명국 | 이현호 | 김승연

우다영 | 임선빈

도마뱀
/domabaem

인생은 타이밍

　"우물쭈물하다가 내 이럴 줄 알았어." 영국 작가 조지 버나드 쇼의 묘비명으로 널리 알려진 문장이다. 제때 결정을 내리지 못한 것을 후회하는 자조적인 표현으로 자주 인용된다. 영어 원문은 이렇다. "I knew if I stayed around long enough, something like this would happen." 직역하자면 "나는 알았다, 충분히 오래 머물면 이런 일이 일어날 줄." 정도의 의미다. 우리가 익히 알고 있는 번역과는 뉘앙스가 많이 다르다. 원문에서는 '우물쭈물'이란 표현에서 느껴지는 회한과 '이럴 줄 알았어.'라는 말에 숨은 위트가 잘 드러나지 않는다. 이를 두고 "우물쭈물하다가 내 이럴 줄 알았어."가 오역이라는 지적도 있고, 한편에서는 기막힌 의역이라고도 한다.

이번 호에 실린 「타이밍이 (안) 중요한 건 가봐」에서 허희 평론가도 언급했지만, 오역(의역)이든 직역이든 그것이 죽음을 이야기하고 있음은 틀림없는 듯하다. "이럴 줄"과 "이런 일이 일어날 줄"은 모두 우리가 언제가 마주칠 죽음을 암시한다. 누구도 벗어날 수 없고, 결코 되돌릴 수 없는 죽음. 인생의 수많은 갈림길에서 어떤 선택을 하든지 우리는 끝내 한곳에서 만난다. 이 자명한 사실을 떠올리면 모든 것이 허무하게 다가오기도 하지만, 반대로 살아 있는 매 순간이 한결 소중하게 여겨지기도 한다. 어떻게 살 것인가. 후회하고 반성한다고 죽음을 물릴 수야 없지만, 적어도 죽음 앞에 후회와 미련을 남기지 않을 수는 있지 않을까.

편집부

'문예단행본 도마뱀' 시리즈 4호인 이 책의 주제는 '타이밍'이다. 필자 여러분께 '어떤 일을 앞두고 우물쭈물했던 경험', '망설임의 순간', '기회를 놓치고 후회했던 일' 등에 대해 자유롭게 써 달라고 요청했다. 언제나 그렇듯 각자의 분야에서 활발히 활동하고 있는 여러분이 각기 개성 넘치는 글을 보내주셨다. 죽음의 타이밍, 연애의 타이밍, 작업의 타이밍, 인생의 타이밍 등 우리가 살면서 맞닥뜨리는 온갖 선택에 관한 이야기가 다채롭다. 그 선택 앞에서 누군가는 "우물쭈물하다가 내 이럴 줄 알았다."라며 웃음 짓기도 하고, 누군가는 뼈아픈 후회를 하기도 한다. 또 이런 성찰에 도달하기도 한다. "우물쭈물해도 좋고, 덜 좋은 선택을 해도 괜찮다. 수많은 선택의 순간이 있다는 것은 아직 삶의 순간들이 살아 있다는 거니까."(박은정, 「나의 이상하고 아름다운 사전」) 웃어넘기든 반성을 하든 중요한 것은 결국 그 선택들이 모여 삶이 되고, 삶은 어떻게든 굴러간다는 점이 아닐까.

　흔히 '인생은 타이밍'이라고 한다. 책도 마찬가지다. 똑같은 책도 언제 읽느냐에 따라 그 느낌과 여운이 자못 다르다. 모쪼록 이 책이 인생의 어느 한때를 지나고 있는 독자 분의 손에 타이밍을 잘 맞춰 도착하기를 바란다.

문예단행본 도마뱀 ＊ **차례**

허희 ✳ 문학평론가

타이밍이 (안) 중요한 건 가봐

#1. 타이밍은 좋아서 나쁘고, 나빠서 좋다

타이밍(timing)이 뭘까. 우리가 자주 쓰는 단어가 그렇듯이 타이밍의 뉘앙스는 대충 파악할 수 있다. 맥락에 끼워 맞춰보면 되니까. 하지만 이게 무슨 뜻인지 정확하고 명쾌하게 답하기는 어렵다. (설마 나만 그런 거야?) 이럴 때는 국어사전을 찾아보는 게 제일이다. 표준국어대사전에는 타이밍 뜻풀이가 아래와 같이 되어 있다.

1. 동작의 효과가 가장 크게 나타나는 순간. 또는 그 순간을 위하여 동작의 속도를 맞춤.
2. 주변의 상황을 보아 좋은 시기를 결정함. 또는 그 시기.

고려대한국어대사전에는,

1. 시간적으로 원하는 순간에 동작을 맞추는 일.

타이밍이 (안) 중요한 건 가봐

2. (기본의미) 운동 경기나 영화, 연극 등에서 최대 효과를 올리기 위해 시간이나 빠르기를 조절하는 일.

이라고 되어 있다. 외국어였으나 권위 있는 국어사전에 등재될 정도로 빈번하게 사용하는 외래어가 된 타이밍. 타이밍을 맞춰야 하는 일들이 세상에 그만큼 많은가 싶기도 하다. 싱어송라이터 장범준과 폴킴도 〈사랑은 타이밍〉이라는 노래를 그래서 만들어 불렀던 모양이고. 세상만사 타이밍이 다들 중요하다지만 그 말을 즉각적으로 체감하기에는 아무래도 사랑이 제일이다. 이루어지는 사랑 말고 어긋나는 사랑이 특히 더 그렇다. "시간적으로 (내가) 원하는 순간에 (상대방이) 동작을 맞추는 일"은 사랑의 영역에서 드물게 일어난다.

이런 예는 숱하다. 나는 당신에게 호감이 있는데 당신은 짝이 있다거나, 당신은 나를 좋아하는데 나는 당신의 속내를 모른다거나, 당신과 내가 서로를 좋아하는데 각기 다른 해외 근무지로 발령이 났다거나 등등은 전부 타이밍이 안 맞는 사례다. "운명이란 인연이란 타이밍이 중요한 건가 봐."(장범준), "그토록 원할 때는 쉽게 오질 않아 사랑은 타이밍."(폴킴). 이처럼 타이밍이 엇갈리면 견디기 힘들게 애가 탄다. 나도 적잖이 겪어봐서 하는 말이다.

우리나라 국어사전에는 타이밍을 위와 같이 풀이하고 있음을 확인했으니, 이를 바탕으로 나는 나름대로의 (아픈) 경험에 입각하여 타이밍을 이렇게 정의할 작정이다. 허희 사전에 의하면 타이밍은,

1. 행위의 의도와 결과가 우연하게 일치되는 상황.

　예) 학생이 시험공부 띄엄띄엄하고 시험 잘 보기를 바랐는데,
　　　성적이 잘 나온 상황에서 씀.
　　　"타이밍이 좋았으나 결국 안 좋아진다."

2. 행위의 의도와 결과가 우연하게 불일치되는 상황.

　예) 학생이 시험공부 열심히 하고 시험 잘 보기를 바랐는데, 성
　　　적이 잘 나오지 못한 상황에서 씀.
　　　"타이밍이 나빴으나 결국 좋아진다."

타이밍을 뭐 이따위로 적어놨냐! 위키백과 좀 보고 배워라! 미래
로부터 이보다 더 심하게 못마땅해하는 목소리가 현재 이 글을 쓰고 있
는 나에게 들리는 것 같다. (입장이 불리해지니까 갑자기 높임법 쓴다고 여
길 수도 있겠지만, *어쩌면 그 짐작이 맞을 수도 있겠지만…*) 잠깐만, 변명할
기회를 주십시오. 이것은 저의 체험에 근거한 것일 뿐 결코 보편적인 타
이밍의 뜻풀이가 아닙니다. 그리고 나는, 아니 저는 타이밍의 저 뜻풀이
가 개인적으로는 오류가 없다고 생각해요.
　　(문단 바꾸는 김에 높임법 사용도 중단하며 말하건대) 타이밍은 근시
안적으로만 해석해서는 곤란하다. 홍상수 감독의 영화 제목처럼 '지금
은 맞고 그때는 틀리다'라는 명제가 성립할 수 있기 때문이다. 물론 그
반대—'지금은 틀리고 그때는 맞다'라는 명제도 성립할 수 있다. 타이
밍 역시 마찬가지다. 모순처럼 여겨지겠으나, '행위의 의도와 결과가 우

연하게 (불)일치되는 상황'에 나쁘고 좋은 타이밍은 혼재돼 있다. 전술한 예문들을 살펴보자.

　'1. 학생이 시험공부 띄엄띄엄하고 시험 잘 보기를 바랐는데, 성적이 잘 나온 상황' —"타이밍이 좋았으나 결국 안 좋아진다." 바야흐로 내가 까까머리였던 (몇 년도인지 구체적으로 밝히지 않겠으나 그때는 두발자유가 아니었다) 중학교 1학년 때 일이다. 당시 사춘기가 와서 그랬는지 어쨌는지 괜히 싱숭생숭하고 공부할 의욕도 없었다. 그러니 코앞에 닥친 시험을 잘 못 볼 줄 알았다. 솔직히 한편으로는 은근히 요행을 바랐다. 이왕이면 시험 성적이 좋게 나왔으면 하는 불로소득의 심보를 가진 것이다.

　한데 웬걸, 진짜로 시험을 잘 봤다. 내가 수재라서? NO. 그에 대해서는 단호하게 고개를 가로저을 수 있다. 막 중학교에 입학한 1학년 학생들이 공부에 자신감을 잃을까봐 문제 난도를 낮춘 선생님들의 배려 및 아무거나 찍은 답이 공교롭게 모두 정답이었던 기적이 겹친 덕이었다. 그러니까 '1. 학생이 시험공부 띄엄띄엄하고 시험 잘 보기를 바랐는데, 성적이 잘 나온 상황'은 실제 나의 경험담이다. 그야말로 타이밍이 좋았던 거다. 하지만 내가 이후에 어떻게 됐을지는 뻔히 예측할 수 있겠지. 당연히 망했다. 성적 등급 변별력이 높지 않은 시험에 운수까지 좋아 얻어걸린 성취를 나는 내 실력으로 착각했으니까. 자만심에 빠져 애쓰지 않은 자에게 두 번의 요행은 찾아오지 않았다.

#2. 타이밍은 안 맞고 인생은 변해가네

"타이밍이 좋았으나 결국 안 좋아진다."라는 명제는 나의 예시에만 부합하는 것 같지는 않다. 어린 시절 큰 성공을 거두는 '소년등과(少年登科)'가 당장은 좋을지 몰라도 인생 전체를 놓고 보면 좋지 않다는 평도 찾아보면 많다. "강호동양학자"로 세간에 이름높은 칼럼니스트 조용헌도 「소년등과하면 생기는 문제」라는 글에서 그런 이야기를 했다.

> 빨리 출세를 하면 어떤 문제가 생기나? 첫째는 다른 사람을 우습게 보는 습관이 생긴다. '나는 전광석화인데 왜 세상 사람들은 이렇게 머리가 아둔할까?' 이렇게 되면 다른 사람에게 쉽게 지적을 한다. (…) 두 번째 문제는 사람을 보는 안목이 생기지 않는다는 것이다. 이 부분이 상당히 문제가 된다. 과거에 합격하기 위해 설움도 겪지 않고 고생도 해보지 않았기 때문에 다른 사람이 어떻게 고생하고 어떤 딜레마에 봉착해 있는지를 세심하게 관찰하지 못하는 것이다. (…) 세 번째로 소년등과를 위험하게 보는 이유는 인간의 운이 한평생 계속 좋을 수 없다는 점 때문이다. 초반에 잘나가면 후반에는 반드시 풍파가 닥치게 돼 있다. (《농민신문》, 2019년 9월 11일)

소년등과 못한 나로서는 다행이다 싶다. 위의 글을 바꿔 말하면 내게는 세 가지 장점이 있는 셈이니까. 첫 번째는 다른 사람을 우습게 안

타이밍이 (안) 중요한 건 가봐

본다는 것이다. '나는 지지부진한데 세상 사람들은 뭘 이렇게 잘할까?' 절로 나는 고개를 숙이며 겸손해진다. 두 번째는 사람을 보는 안목이 조금 있다는 것이다. 뭐든 한 번에 착착 해내지를 못하다 보니 나 같은 사람을 보면 괜히 도와주고 싶어진다. 이 점은 학생들을 가르칠 때 도움이 된다. 나는 잘 가르치는 강사라고 자부하지는 못한다. 다만 한 가지는 확실하게 말할 수 있다. 모르거나 못하는 학생을 핀잔주는 강사는 아니라는 사실이다. (관계자 여러분, 명강사 말고 따뜻한 강사를 원하신다면 저를 불러주세요. 강사료 협의 가능합니다.) 세 번째는 '인생 초반이 잘 나가지 못했으니 그래도 인생 후반은 이보다는 낫겠지.' 하는 낙관적 태도를 가질 수 있다는 것이다. 인간의 운에 총량이 정해져 있다면, 분명 나는 이제껏 쓴 것보다 아직 쌓여 있는 게 훨씬 많을 거라고 믿는다.

그렇다고 내가 소년등과를 한 사람을 나쁘게만 보는 것은 아니다. 타인들의 찬사를 받으며 찬란하게 빛났던 한순간(그것을 누려보지 못한 사람들도 부지기수다.)은 그의 추억으로 온전하게 남을 테니까. 그 추억으로 평생을 버티며 살아갈 수도 있는 법이다. 시인 랭보가 그렇지 않았을까. 30대에 숨을 거둔 그의 말년은 전혀 평안하지 않았다. 랭보는 정처 없는 방랑 중에 다리를 절단했고 곧 사망에 이르렀다. 그러나 시집 『지옥에서 보낸 한 철』을 비롯해 젊은, 아니 어린 나이에 지은 시들로 그는 프랑스 시사(詩史)에 뚜렷한 족적을 남겼다. 내가 그러지 못했을 뿐, 나는 초년에 매혹적인 꽃을 피웠다 속절없이 지는 삶도 충분히 매력적이고 긍정할 수 있다고 본다.

그렇기 때문에 나는 타이밍에 집착하지 않으려고 애쓴다. 내 힘으로는 어쩌할 수 없는 우연의 속성이 타이밍에 다분해서다. 대신 나는 다음과 같은 표현들을 염두에 두고 산다. 만난 사람과는 헤어질 수밖에 없다는 회자정리(會者定離), 헤어진 사람과 다시 만나게 된다는 거자필반(去者必返), 열흘 동안 붉게 피는 꽃이 없다는 화무십일홍(花無十日紅), 길흉화복은 인간의 힘으로 예측하기 어렵다는 새옹지마(塞翁之馬) 등이다. 인생 달관한 척하려는 거 아니다. 일부러 지적하지 않아도 나는 내가 지극히 세속적 인간임을 안다. 이것은 단지 나의 세상살이 방법론일 따름이다.

말하고 나니 갑자기 일본의 '득도(사토리) 세대'를 다룬 책『절망의 나라의 행복한 젊은이들』(후루이치 노리토시, 민음사, 2015)이 겹쳐진다. 그렇지만 희망을 품지 못해 오히려 행복할 수 있다는 사회학적 담론과, 모든 것이 늘 변한다는 무상함을 잊지 않는 개인적인 삶의 자세는 결이 다르다. 인생 자체가 고정불변하지 않아서다. 여전히 나는 인생을 잘 모르지만 적어도 인생이 어딘가에 붙박이지 않았다는 것 정도는 눈치 채고 있다. 우리가 생로병사의 여정에서 벗어날 수 없고, 그 와중에 희로애락애오욕(喜怒哀樂愛惡欲)을 겪으니, 인생도 이리저리 유동할 수밖에 없지 않을까. 처음에는 행운인 줄 알았던 것이 나중에 불행의 씨앗이 되고, 처음에는 불행인 줄 알았던 것이 나중에 행운의 씨앗이 되는 전환들이 주위에 얼마나 많은지.

따라서 "행위의 의도와 결과가 우연하게 (불)일치되는 상황"에 대하여, '타이밍이 좋았네.' 혹은 '타이밍이 나빴네.' 하면서 일희일비할 필요가 없어진다. 언급했듯이 타이밍은 우연의 속성이 강하다. 인과율에 근거하지 않고 제멋대로 일어난다. 나는 내가 할 수 없는 일에는 담담하게 처신하고, 내가 할 수 있는 일에는 근성 있게 매달리고 싶다. 타이밍에 기대기보다는 행위의 의도를 선한 쪽으로 기울이겠다는 말이다. 가령 가수들의 노래대로 사랑이 타이밍이라면 사랑은 내 소관이 아니다. 그저 나는 충실한 사랑의 주체가 되도록 스스로를 갈고 닦아야지. 그럼 타이밍이 계속 안 맞는다 해도, 최소한 나는 이전보다 더 괜찮은 인간으로 거듭날 수 있다. 밑지지 않는 장사다.

#3. 타이밍을 알리바이로 삼아서는 안 되는 사건들

종종 언론에서 타이밍이 좋지 않았다는 말을 들을 때가 있다. 급작스러운 천재지변으로 해를 입은 경우가 그렇다. 모처럼 해외여행을 갔는데 그곳에 쓰나미가 닥쳐 일어난 안타까운 사고를 예로 들 수 있을 것이다. 이때는 하늘을 원망하고 희생자들에게 안쓰러운 마음을 갖는 것 외에는 어쩔 도리가 없다. 그런데 언론에서 타이밍이 나빴다는 말을 '절대' 써서도 옮겨서도 안 되는 경우가 있다. 대표적으로 산업 현장에서 목숨을 잃은 노동자 뉴스를 전할 때가 그렇다.

2016년 구의역 스크린도어 외주업체 비정규직 사망 '사건', 2018년 태안화력발전소 협력업체 비정규직 사망 '사건' 등을 우리는 떠올릴 수 있다. 일부러 '사건'이라고 작은따옴표로 강조 표시를 했다. 이를 언론에서는 흔히 사망 '사고'로 지칭하기 때문이다. 사고와 사건은 엄연히

허희

다르다. 한 번 더 표준국어대사전을 찾아보자. (여기에서는 첫 번째 뜻풀이만 인용한다.) 사고는 "뜻밖에 일어난 불행한 일"을, 사건은 "사회적으로 문제를 일으키거나 주목을 받을 만한 뜻밖의 일"이라고 적혀 있다. 사고와 사건의 차이는 '뜻밖', 즉 우연의 유무에 있다.

예컨대 해외여행을 갔는데 하필 그곳에 쓰나미가 발생했다. 그것은 우연에 속하므로 사고에 해당한다. 사고는 타이밍이 나빴다고 한탄할 수 있다. 반면 노동자가 업무를 하다 죽음에 이른 것은 우연에 속하지 않는 사건이다. 그러므로 타이밍 운운해서는 안 된다. 타이밍이 나빠 출발하던 열차에 치여 숨진 것이 아니고, 타이밍이 나빠 컨베이어벨트에 끼여 숨진 것이 아니다. 이는 소위 '경영 효율화'라는 명목하에 원청 업체가 하청 업체에게, 정규직이 비정규직에게 안전을 포기하고 위험을 떠맡도록 강제하여 발생한 사건이다.

사고는 책임 여부를 따지기 난감하다. 이에 비해 사건은 업무 지시자나 감독자, 산업재해 법령을 제대로 마련하지 않은 정치인, 안전 관리 점검에 소홀했던 정부 등 누군가의 책임 여부를 논할 수 있다. 그럴 수 있다는 가능성에 그치면 안 된다. 마땅히 그래야 옳다. 사건은 공적 범주에서 처벌과 예방 등을 논의해야지, 타이밍으로 은근슬쩍 눙치는 수사법을 용납해서는 안 된다. 물론 사건 책임자들이 알리바이를 목적으로 구사하는 화법은 교묘하기 짝이 없다. 타이밍이 나빠서 비정규직 노동자가 죽은 거라고 대놓고 말하지는 않지만, 곰곰 들어보면 이런 메시지를 담고 있다. 타이밍을 그렇게 활용하는 자들을 경계하고 규탄하는 것이 시민의 할 일이다. 안 그러면 유사한 사건이 되풀이될 수밖에 없다.

타이밍이 (안) 중요한 건 가봐

타이밍에 관한 유명한 격언이 있다. "우물쭈물하다가 내 이럴 줄 알았지." 작가 버나드 쇼의 묘비명으로 알려진 문구다. 실은 이게 정말 그가 남긴 묘비명인지는 출처가 불분명하다. 영어 원문의 의미도 사뭇 다르다. 쓰인 그대로 번역하면 "난 알았어, 오래 머물러 살다보면 이런 일이 생길 거라고. (I knew if I stayed around long enough, something like this would happen.)"이다. 어디서부터 잘못돼 와전된 것인지 이 또한 희한한 미스터리다. 아무튼 우물쭈물했다는 의역이든, 오래 머물러 살았다는 직역(?)이든 간에 이 문장의 핵심은 '난 알았다'에 있다. 죽음의 엄습을 알았음에도 우물쭈물했다는 것이고, 얌전히 살기만 했다는 것이니까.

죽음 앞에 한 사람이 수동적으로 굴었다고 질타할 일은 아니다. 자연사를 감히 누가 거스를 수 있을까. 나도 우물쭈물하고 있고, 하루하루 버텨내며 세상에 오래 머물려는 필부필부에 지나지 않는다. 그러나 자연사—사고사가 아닌 재난사—사건사 앞에 한 사회가 수동적으로 구는 것은 커다란 문제가 된다. 세월호 참사가 그랬다. 작가 박민규가 적확하게 진단했듯, 세월호 참사는 "선박이 침몰한 '사고'이자 국가가 국민을 구조하지 않은 '사건'"(『눈먼 자들의 국가』, 문학동네, 2014.)이었다. 내가 뭐라도 되는 양 시답잖은 훈계를 하려는 게 아니다. 타이밍이 좋지 않았다는 식으로 사건을 사고로 위장하는 목소리가 반복되는 기이한 현상, 거기에 힘을 실어주는 이상한 보도에 '가만히 앉아' 침묵할 수 없었을 뿐이다.

경박하게 시작해서 말미에 자못 비장해졌다. (내가 감정 조절에 실패한 탓도 있겠지만) 타이밍을 주제로 한 현실의 스펙트럼이 워낙 다양하기 때문이 아닐까 싶다. 요즘에는 타이밍이 재테크하는 데 많이 쓰이는 듯 보인다. "비트코인 매도 타이밍 문의합니다." "삼성전자 주식 매수 타이밍인가요?" "타이밍 늦은 거 같긴 한데 지금이라도 영끌해서 아파트 사두는 게 좋을까요?" 등등. 만약 타이밍이 생명체라면 참 피곤하지 않을까? 이 정도 혹사면 번아웃 증후군은 따 놓은 당상이다. 시시각각 호출되면서 돈을 불려주는 '이익'으로만 기능해야 하니까 타이밍의 팔자도 기구하고 가련하다.

이른바 "벼락 거지"를 면하려고 '묻지마 투자(늦투기)'하는 심정이야 공감한다. 세속적 인간인지라 나도 부자이기를 소망하니까. 그런데 타이밍 재면서 단타 대박을 노리는 사람들을 보면 내 눈에 자꾸 한 사람의 모습이 포개져 아른거린다. 다름 아닌 앞서 고백했던, 중학교 1학년 시절의 나다. 그때는 땀 안 흘리고 수고롭지 않았음에도 괜찮은 성적을 거둬 "나이스 타이밍!"을 외쳤다. 그리고 얼마 안 있다 나는 처절하게 무너졌다. 그나마 일어서서 다행이긴 한데 그러기까지가 녹록하지 않더라. 부디, 그들이 밟지 않기를 바란다. 타이밍 좋았다고 잠깐 웃다 그 뒤 두고두고 통곡한 나의 전철을.

허희
대학과 대학원에서 문학을 공부했다. 2012년 문학평론가로 활동을 시작해 글 쓰고 이와 관련한 말을 하며 살고 있다. 2019년 비평집 『시차의 영도』를 냈다.

타이밍이 (안) 중요한 건 가봐

김선오 ＊ 시인

죽음에도 타이밍이 있다면

어제는 교통사고가 날 뻔했다. 빠르게 달려오던 차가 눈앞에서 멈췄다. 놀라서 일그러진 얼굴을 한 운전자와 눈이 마주쳤다. 일 초만 늦었어도 크게 다치거나 죽었을 것이다.

내게 돌진하는 차를 보는 그 짧은 시간 동안 강하게 농축된 삶에 대한 열망이 내 안에서 튀어 오르는 것을 느꼈다. 친한 친구들의 농담에 한참 동안 웃으며 살아 있어서 좋다는 말을 나누고 돌아오는 길이었다. 죽음은 삶만큼이나 너무나 도처에 있다. 나는 그것이 잘 이해가 되지 않는다.

죽음에도 타이밍이 있다면

요가 시퀀스의 마지막은 언제나 송장 자세, 사바아사나이다. 가쁜 숨을 고르며 땀에 젖은 몸으로 매트 위에 눕는다. 눈을 감고 몸에 남은 힘을 뺀다. 선생님은 사바아사나를 '죽음 연습'이라 말하곤 했다.

언제부터인가 사바아사나 중에 우는 날이 많아졌다. 너무 수고하셨어요, 이제 푹 쉬세요. 말하는 요가 선생님의 목소리가 죽음 직전의 나에게 누군가 들려주는 말 같아서 누운 채로 눈물이 흘러내렸다.

유성우가 내린다는 예보가 있었던 작년 겨울의 어느 밤이었다. 별 보러 갈까? 가족 중 한 명이 즉흥적으로 말을 꺼냈고 다 함께 차를 타고 뒷산으로 갔다. 어딜 가도 나무가 울창해서 하늘이 잘 보이지 않았다. 산을 오르고 오르다 문 닫은 한식당의 주차장에 차를 세웠다. 식당 건물은 몹시 낡아 있었지만 주변이 빈터라 하늘이 잘 보였다.

엄마는 유성 사진을 찍겠다며 하늘을 향해 고개를 꺾고 커다란 카메라에 한참 동안 눈을 갖다 대고 있었다. 동생과 나도 하늘을 올려다보았다. 어, 저기 있다. 저기 쏟아진다. 한 명씩 번갈아가며 말했지만, 각자의 말이 끝난 뒤에는 이미 유성이 모두 떨어진 뒤였다. 우리는 그렇게 각자의 유성을 보고 집으로 돌아왔다. 기온이 낮고 바람이 날카로웠지만 이상하게 춥지 않았다. 오는 길에는 시답잖은 농담을 주고받으며 웃었다. 요가 매트 위에 누워 감은 눈 속으로 그날의 장면들을 더듬었다.

뒤이어 몇 년 전 봄에 갔던 태국 호텔의 수영장이 떠올랐다. 새파란 락스물 위로 야자나무 그림자가 일렁거렸다. 그 속에서 친구의 손을 잡고 수영을 시켜주었다. 물은 따뜻하고 부드러웠고 세상은 온통 밝았다. 그다음에는 우연히 발 디딘 광안리 해변 하늘에 커다랗게 떠 있던 무지개가, 속초 바닷물 속에서 첨벙거리며 놀던 몇 년 전 여름의 친구들이 떠올랐다.

정말 죽기 직전 같구나, 살아 있던 건 참 좋았구나, 생각하는 순간 천천히 몸을 깨우라는, 손발을 꼼지락거리라는 선생님의 목소리가 들려왔다.

죽음에도 타이밍이 있다면

습작생 시절 수강했던 시 수업의 마지막 날이었다. 뒤풀이 자리에 가서 소주 두 잔을 마시고 잠시 나와 담배를 피우다 엄마의 전화를 받았다.

둘째 이모부가 돌아가셨다고 했다. 같이 수업 듣던 사람들과 선생님에게 대충 인사를 하고 나왔다. 둘째 이모부라면 못 본 지 오륙 년 정도 되어 얼굴도 잘 기억나지 않는 분이다. 오래 지병을 앓으셨다고 했다. 이모부에 대해 내가 기억하는 건 콜라를 너무 좋아해서 매일 1.5리터짜리 페트병을 사 와 드셨다는 것이다. 이모와 사촌이 늘 혀를 차며 말렸지만 아주 태평한 얼굴로 강아지를 무릎 위에 올려두고 콜라를 마시던 별것 아닌 모습이 이상할 만큼 명료히 남아 있다.

친척 분이 돌아가셔서요, 가봐야 할 것 같습니다. 죄송합니다. 술자리로 돌아와 선생님과 함께 수업을 들었던 수강생들에게 말했다. 그들은 알았다며 얼떨떨한 표정으로 내게 작별 인사를 했다.

　지난겨울에는 스키장에 다녀왔다. 눈 덮인 산이 인공의 빛 아래에서 반짝이는 모습이 참 아름답다고 생각했다.

　처음으로 스노보드 타는 법을 배웠는데, 오른발을 앞으로 하는 자세에서 자꾸 넘어졌다. 운동신경이 나쁘지 않은 편인데도 좀처럼 방법이 익혀지지 않았다. 왼발을 앞으로 하고 스케이트보드를 타던 몸의 감각 때문이라는 사실을 얼마 지나지 않아 깨달을 수 있었다. 마지막으로 스케이트보드 위에 올라가본 것이 벌써 삼 년 전이었는데도 그랬다. 몇 번을 구르고 넘어져도 땅에서 보드를 타던 감각이 지워지지 않아 끝끝내 균형 잡기에 실패했다.

　손목을 다치고 온몸이 멍투성이가 되어 내려왔지만 가장 두려웠던 건 아무리 노력해도 지워지지 않고 점성 높게 남아 있던 그 감각의 흔적이었다. 마음도 몸인데, 마음에 남은 감각은 어떻게 지워야 하나. 얼마나 많은 노력을 해야 지울 수 있나. 지워지지 않고 그 위로 켜켜이 쌓일 뿐인가. 흐르는 시간만큼 감각은 두껍게 쌓여만 갈 텐데, 다시 돌아갈 수 없는 감각이 가장 깊은 곳으로 꺼져가고 있을 것이 애가 탔다. 애타는 감각 역시 언젠가 가장 밑바닥에 내려앉아 보이지 않게 되겠지. 그럼에도 남아 끊임없이 그것을 그리워하게 만들겠지. 그리고 그러한 그리움은 생의 마지막에 가서야 끝이 날 것만 같다.

*

친구를 죽이는 꿈을 꿨다. 총으로 친구를 쏘고 나도 죽으려고 머리에 대고 방아쇠를 당겼는데 총알이 없었다. 친구의 몸에서 피가 튀었고 목이 잘려 나갔지만 모자이크 처리를 한 것처럼 흐릿해서 보이지 않았다. 나는 현실에서 피를 잘 보지 못한다.

다른 친구들은 나의 죄를 감추어주었다. 함께 총을 가지고 장난하다가 사고가 났다고 경찰에 신고했다고 했다. 형을 받긴 할 텐데 잠깐일 거야, 하고 말하며 다른 친구가 웃었다. '형을 받는다'는 단어를 그 친구는 '해형'이라고 표현했다. 깨어나 사전을 검색해보니 없는 단어였다. 꿈속에서 가족을 찾아가 내가 결국 걔를 죽였다고 말했다. 걔를 원래 죽이기로 되어 있던 것처럼. 늘 죽이고 싶어 했던 것처럼.

눈을 뜨니 죽은 친구에게 메시지가 와 있었다. 너를 죽이는 꿈을 꿨다고 말하자 친구는 "나를 사랑하면서 증오하는 거 아냐?" 하고 사뭇 진지하게 물었고 나는 아니라고 했다. 정말 아니었다.

*

복싱을 하다 팔을 다쳐서 정형외과에 갔다. 의사는 내 팔을 이곳저곳 만져보더니 혹시 엄지손가락을 구부리면 손목에 닿느냐고 물었

김선오

다. 오른손 엄지를 왼손으로 꾹 누르자 어렵지 않게 손목에 손가락이 닿았다.

의사는 자신의 엄지를 들어 보여주면서 보통은 절대 손목에 닿지 않는다고 했다. 반대 손에 눌린 그의 손가락은 더 이상 구부러지지 않고 허공에서 **뻣뻣하게** 멈춰 있었다. 인대를 이루는 구성 성분의 차이인데, 백 명 중 두 명 정도는 일반적인 사람들보다 부드러운 물질로 인대가 이루어져 있어서 몸이 더 많이 구부러지고 더 많이 벌어진다고 했다.

그는 내게 팔을 벌려보라고 말하며 자신의 팔을 벌려 비교할 수 있도록 해주었다. 내 팔이 확연히 더 뒤로 젖혀져 있었다. 나처럼 부드러운 인대를 가진 사람들은 쉽게 다치는 대신 관절염에 걸리지 않는다고 했다. 그는 당장 복싱을 관두라고 했다. 남들보다 몇 배는 부상이 잦을 거라며 수영이나 요가같이 안전한 운동을 권했다. 어쩐지 다칠 만큼의 충격은 아니었던 것 같은데 팔이 너무 아팠다는 생각이 들었다. 동시에 보통은 다치지 않을 수 있었을 많은 일들을 너무 아프게 느껴왔다는 생각을 했다.

인대가 그렇게 된 데에는 이유가 없으며 그냥 그렇게 태어난 것이라고 말했다. 그냥 그렇게 태어났기 때문에 부상을 입었던 날들이 머릿속에 수없이 떠올랐다. 정신의 어떤 부위도 남들과는 다른 물질로 이루어져 있을 거라고, 그냥 그렇게 태어난 거라고 생각하자 조금 억울한 동시에 약간 편안해졌다.

*

친구가 입원한 병동에는 젊은 사람들이 많았다. 어린아이들이 환자복을 입고 컴퓨터를 하거나 돌아다니고 있었다.

'암병원'이라는 말이 무시무시했는데 병원은 밝고 쾌적했다. 친구는 다행히 암이 아니라고 했다. 친구의 몸속에 자라난 세포 덩어리 안에는 단백질이 뭉쳐 있고, 머리카락 같은 털이 자라고 있었다고 했다. 하나의 생명처럼. 길쭉한 모양일 것이라 상상했던 혹이 순간 태아의 모습으로 연상되었다. 큰 수술을 마치고 얼굴이 수척하게 부어 있던 친구는 무엇보다 머리를 감고 싶다고 했다.

그날 밤 꾸었던 꿈에서는 크고 흉측한 벌레가 밥그릇 안을 기어다니고 있었다. 벌레를 무서워하는 편이 아닌데 꿈에서는 너무 징그럽고 두려워서 눈을 가리고 한참 동안 비명을 질렀다. 주변 사람들은 아무도 그것을 징그러워하지 않는 것 같았고 벌레가 아니라 비명을 지르는 나를 보고 있었다. 그들은 나를 가리키며 웃었던 것 같기도 하고 놀렸던 것 같기도 했다.

용기를 내 들여다본 벌레는 검은 바탕에 노랑과 초록이 섞여 광태가 났고 바퀴벌레 같기도 하고 사슴벌레 같기도 했다. 벌레는 밥그릇 안에서 작고 검은 눈으로 나를 올려다보고 있었다. 잠에서 깨어나 출근 준비를 하는 동안에도 벌레의 형상이 눈앞을 떠나지 않았다.

김선오

*

    클래식 음악에 대한 글들을 읽으며 가장 인상적이었던 내용 중 하나는 클래식 음악이 어째서 몇 백 년이 흐른 지금까지도 새롭게 재해석되고 연주되며 끊임없이 사랑받을 수 있는가에 대한 것이었다.

    필자는 클래식 음악이 작곡되던 시기에는 온 세상이 고요했을 것이라고 했다. 차도 없고 도시의 소음도 없고 음악도 귀했던 시절. 오로지 침묵만이 거리를 메웠을 것이고, 그러한 환경 속에서 인간이 발휘할 수 있는 음악적 상상력이 최대한으로 발현되었을 것이라고 쓰고 있었다. 또한 당시에는 평균 수명이 짧았기 때문에, 음악가 본인이 죽어가고 있거나 혹은 집 안에 죽어가는 사람 한 명쯤은 두고 있었을 것이었다. 그렇기에 그토록 죽음과 밀접한, 깊이를 헤아릴 수 없는 음악들이 탄생할 수 있었을 것이라 필자는 짐작하고 있었다.

*

    흰색 가시를 가진 고슴도치를 키웠던 적이 있다. 이름은 '고래'였다.

    고래를 만나기 전까지는 몰랐는데, 고슴도치는 너무나 작고 연약한 동물이었다. 스트레스에 취약해서 빛과 소음을 최소한으로 조절해야 했다. 손이 많이 가는 축에 속하는 반려동물은 아니었으나 환경에 취약하고 예민했다.

    그 무렵 나는 종종 악몽에 시달렸는데, 꿈속에서는 가시도 나지

31

않고 눈도 못 뜬 분홍색 새끼 고슴도치들이 방바닥에 잔뜩 떨어진 채 꿈틀대고 있었다. 나는 그들을 모두 키워내야 했다. 그들을 섬세하게 돌보지 않으면 내 방이 고슴도치 시체로 가득하게 될 것이었다.

꿈에서 깨어나 허겁지겁 고슴도치 집 안을 들여다보면 다행히 고슴도치는 배를 깔고 아주 편한 자세로 잠들어 있었다.

*

다시 겨울. 유성우가 쏟아진다. 그러나 고개를 들면 이미 사라지고 없다.

*

고슴도치는 벌레를 먹는다.

김선오

*

다시 어제.

어두운 밤, 교차로.

나는 나를 향해 달려오는 자동차를 바라본다.

검은색 SUV. 헤드라이트 눈부시다.

눈을 부릅뜬 운전자가 핸들을 잡고 있다.

그의 얼굴이 서서히 일그러진다.

저 차는 내게 와서 부딪칠 것인가, 그전에 멈출 것인가.

*

충돌 여부가 아직 결정되지 않은 찰나의 순간에 나는 머물러 있다.

이 짧은 시간이 내 삶의 축약본 같다고 생각하면서.

김선오

시집 『나이트 사커』가 있다.

죽음에도 타이밍이 있다면

정지향 ✳ 소설가

소설로는 쓰지 못한

누군가 허무맹랑하고 근거 없는 허풍을 떨 때 흔히 '소설 쓴다'는 표현을 사용하곤 한다. 법사위 질의 중 추미애 전 장관이 "소설 쓰시네." 라고 발언한 것을 두고 한국소설가협회 측에서 공개 해명과 사과를 요구한 일도 있었다. 협회의 성명에 따르면 그 발언에 많은 소설가가 상처를 입고 자괴감을 느꼈다고 한다. 글쎄 나로서는…, 그런 일에도 상처받는 이들은 얼마나 행복한 인생을 살아온 것인가 생각하게 된다. 사실을 고백하자면 나도 몇 번인가

소설을 써라 소오설을

하고 말한 적도 있는 것 같다.

하지만 역시 그럴 때 우리가 비유적으로 사용하는 소설과 진짜 소

설 사이에는 큰 간극이 있다. 소설의 세계에서 절대로 허용되지 않는 것이 있다면 바로 '허무맹랑함'과 '근거 없음'이기 때문이다. 좋은 소설가는 촘촘하게 맥락을 쌓아 올리고 풍성한 근거를 활용해 독자가 허구의 세계를, 허구라는 자각 없이, 잠시나마 믿도록 만든다. 소설 속에서 일어나는 모든 일에는 개연성이 필수적이다.

그러나 우리의 실제 삶에는 가끔 이상한 일이 벌어진다. 근거도, 맥락도 없이, 전조도, 복선도 없이, 난데없이 등장하는 사건이. 그럴 때마다 나는 이렇게 생각한다.

이건 소설로도 못 쓸 일이야, 너무 소설 같아서 소설로는 쓰지 못할 일이야, 하고.

새 소설을 쓰기 위해 자리에 앉으면 우선 기억의 상자를 열어젖힌다. 듣고, 보고, 경험했던 것, 거리를 걸으며 상상하고 만들었던 단편적인 장면을 살펴 재료를 찾는다. 흥미와 주제와 의미를 기준으로 추린 뒤, 마지막으로 그 이야기가 얼마나 그럴듯하게 들릴지 따져본다. 그때 제외되는 것이 바로 이런 일들이다. 지나치게 극적이기에 극이 될 수 없는 일. 그리하여 오랫동안 상자에 들어 있던 일.

두 해 전 여름 나는 런던에 있었다. 촌스럽게 보이고 싶지는 않지만, 온갖 영국 드라마(〈닥터 후〉, 〈스킨스〉, 〈셜록〉, 〈마법사 멀린〉…)를 보고 비틀스를 들으며 자라온 나는 내내 꿈속을 거닐 듯 달뜬 얼굴이었을 것이다. 대영박물관과 내셔널갤러리를 샅샅이 관람하고, 런던아이가 보이는 템즈강 어귀에 앉아 샌드위치를 먹으며 일 년이라도, 십 년이라도

정지향

살 수 있을 것 같았다.

그날도 나는 한낮의 프림로즈 힐(Primrose Hill)에 돗자리를 깔고 누워 책을 뒤적이는 중이었다. 그때 영상전화가 한 통 걸려왔다. 현지 유심칩을 사용하고 있었지만, 영상전화를 받아도 될 만큼 데이터가 충분하지는 않았다. 그러나 발신자를 확인하고는 수신 버튼을 누를 수밖에 없었다. 전화를 건 사람은 오래전, 그러니까 거의 이름이 가물가물해질 만큼 오래전 헤어진 엑스였다. 그의 곁에 내 프랑스인 친구 Z가 앉아 있었다.

나는 '카우치서핑'을 소재로 소설을 쓴 적이 있었다. 카우치서핑은 현지인과 여행객을 이어주는 플랫폼이다. 현지인은 숙소를 찾는 여행자에게 남는 방이나 거실의 카우치, 즉 소파를 내어주고, 여행객은 그 대가로 여행 이야기를 들려주거나 고향의 음식을 만들어주는 등 문화를 교류한다. 이용자 대부분은 여행 중독자로, 집을 내주던 호스트 역시 대개 때가 되면 여행자로서 다른 이들의 카우치를 서핑한다.

금전적 거래 없이 여행에 대한, 또 인간에 대한 호의로 이어지는 서비스라는 점에 매력을 느껴 소설로 쓰기는 했으되 내가 직접 사용해본 적은 없었다. 나는 혼자 여행을 다니는 여성이고, 일면식도 없는 사람의 집에서 씻고 먹고 자기에는 지나치게 예민한 인간이기 때문이다. 그러나 물가 높은 유럽으로의 장기 여행을 계획하면서 사정이 좀 달라졌다. 파리나 런던에서는 여덟 명이 혼성으로 사용하는 방에, 밤새도록 삐걱대는 2층 철제 침대 한 칸을 빌리는 데도 적잖은 돈이 들었다. 그럴 바에는 현지인 친구를 사귀고 문화를 체험할 겸 카우치를 빌리는 편이 좋겠다는

소설로는 쓰지 못한

©정지향

정지향

판단이 섰다.

본격적으로 카우치서핑을 탐구하면서 몇 가지를 새로 알게 되었다. 이용자는 서로의 프로필에 등록된 소개 글과 영화나 음악의 취향, 그간 경험한 여행지, 그리고 무엇보다 다른 이용자가 남긴 피드백을 통해 상대를 파악한다. 이성 여행자만을 꾸준히 초대하는 호스트는 피하는 것이 좋다. 그들은 적어도 데이트, 나아가 더 화끈한 일을 기대할 확률이 높았다. 커플이나 가족 형태로 구성된 호스트는 조금 더 안전했다. 그만큼 많은 여행자가 요청을 보냈으므로 경쟁을 뚫기가 쉽지 않았다. 여성 호스트의 집에 초대되기 위해서는 엄격한 면접을 통과해야 했다. 탐구 끝에 나는 내게도 내세울 것이 필요하다는 사실을 깨달았다. 그건 다름 아닌 좋은 피드백이었다. 유럽에 가기 전 먼저 서울에 온 여행자를 호스팅할 필요가 있었다. 플랫폼은 그런 식으로 공평한 생태계를 가지고 있었던 것이다. 좋은 호스트를 만나고 싶니? 우선 네가 좋은 호스트가 되렴!

나는 계정을 활성화했다. 하루에도 열 건에서 스무 건씩 요청이 쏟아졌다. 어떤 이들은 요청을 '복붙'해 보냈다. 내 이름을 불러주지도 않았고, 자신이 한국에 오는 이유와 일정을 나열한 후 너와 즐거운 여행을 꿈꾸고 있다는 식의 뻔한 인사말을 덧붙이는 식이었다. 반면 좀 속이 보이더라도 정성스레 내 프로필을 확인했음을 어필하는 이들도 있었다. 예컨대 이런 식이었다.

오, 너도 러시아 여행했구나? 보드카는 어땠어? 내 고장에서는 위스키를 마셔. 아무튼 내가 한국에 가게 되었어. 나는 우리나라에서 향

신료를 좀 가져가려고 해. 너한테 음식을 해줄 수 있는 기회가 있었으면 해서.

당연하게도 나는 후자의 여행자를 몇 명 초대했다.

Z는 그중 유일한 남성 여행자였다. 프랑스인인 그는 일 년째 카우치서핑으로만 세계를 일주하고 있었다. 내가 쓴 소설 속 인물처럼, 관광지보다는 일상적 공간을 탐구하는 것을 즐기는 전형적인 카우치서퍼였다. 그는 약속한 대로 도쿄 공항에서 사케를 한 병 사 왔고, 작은 방에 짐을 내려놓자마자 장을 보러 가겠다며 에코백을 챙겨 들었다. 나는 거침없는 듯하면서도 집 안 곳곳 불필요한 눈길을 두지 않는 그가 한눈에 미더웠다. 우리는 청과물 가게에 들렀다. Z는 멀대같은 키로 휘적휘적 돌아다니며 토마토와 마늘, 애호박 따위를 집어 들었다. 저녁으로 그가 만든 라따뚜이를 먹었다.

다음 날부터 Z는 서울의 온갖 산을 탐험하며 지냈다. 집에서 일을 하고 있으면 그가 사진을 잔뜩 보내왔다. 청설모, 뱀의 허물, 이름 모를 버섯, 거대한 솔방울 등 십 년 넘게 서울에 살아온 나로서는 한 번도 본 적 없는 것들이었다.

일본에서는 프랑스 레스토랑에 잠깐 취직했어. 나는 요리도 안 했고 접시도 안 닦았어. 와인만 가져가서 따주면 돼. 왜냐면 나는 프랑스인이니까. 코가 크고 아주 프랑스인처럼 생겼으니까. 내가 갖다 주는 와인은 특별하지. 사실 프랑스에선 30유로가 넘는 와인은 한 번도 마셔본 적 없는데.

정지향

식탁에 앉은 그가 늘어놓는 너스레는 나를 뒤집어지게 했다. 나는 매일 저녁 프랑스어도 몇 문장 배웠다. 오이를 빼주세요, 열쇠를 잃어버렸어요, 저는 표를 갖고 있어요, 얼음을 좀 주실 수 있나요? 그의 지도에 따라 문장을 연습하고 휴대폰 메모장에 기록했다. 그것으로 그를 초대한 보람은 충분했고, 조금도 후회하지 않았다.

떠나던 날 Z는 우리 집 현관에 서서 허리를 굽혀 인사했다. 나는 볼에 쪽 하고 소리를 내며 입 맞추는 프랑스식 인사 비즈(Bise)까지는 아니더라도 토닥토닥 안아주며 여행을 잘하라고 인사하는 그림을 상상했는데, 그는 중국과 일본을 오래 여행하며 이미 동양의 문화를 체화한 듯했다.

그가 떠나자 나는 조금 쓸쓸해졌다. Z가 보고 싶었고 아쉬웠다. 나는 금방 사랑에 빠지지만 동시에 기본적으로 뒤늦게 후회하는 종류의 인간이다. 언제나 누군가 떠나고 나서야 내 감정을 알게 된다. 그가 떠난 식탁 자리에 앉아 생각을 이어나갔다. 난 작별 포옹까지 못할 만큼 그렇게까지 보수적이지는 않은데, 정말인데….

그 이후로도 우리는 페이스북 메시지를 통해 연락을 이어갔다. 그는 경부선을 따라 여행을 계속해 나갔다. 그가 새로운 도시에 도착할 때마다 나는 맛집을 추천해주거나 꼭 들러볼 만한 관광지를 알려주었다. 그 역시 런던에 거주한 경험을 토대로 내게 여러 여행 팁을 줬다. 마트에 가서 유제품 코너를 찍어 보내면 그가 먹어봐야 할 치즈와 요거트를 골라주는 식이었다. 우리는 대륙을 이어서 함께하는 여행 메이트쯤

소설로는 쓰지 못한

되었던 것이다.

그랬던 Z가, 제주로 떠나는 비행기를 탔다고 마지막 연락을 해왔던 Z가, 내 엑스와 함께 제주 막걸리를 마시며 전화를 걸어온 것이었다. 그는 Z의 집에서 지내고 있다고 했다. 둘은 웃으며, 여행의 흥분에 좀 더 가벼워진 내 옷차림을 놀리듯 지적하며 전화를 끊었다. 나는 황망한 마음에 엎드렸던 몸을 뒤집어 누이고 옅은 회색 구름으로 뒤덮인 런던의 하늘을 바라보았다.

소설로도 못 쓸 일이네.

나는 중얼거렸다.

그리하여 나는 런던의 여름을 즐기다 말고 난데없이 축축하고 쓸쓸한 눈으로 옛사랑을 더듬는 김광석적 모멘트로 들어설 수밖에 없었다. 나는 이제는 가물가물해진 엑스를 아련하게 떠올렸다. 내 친구들은 공유와 임수정이 주연을 맡은 영화 〈김종욱 찾기〉에 그와 나의 사연을 빗대곤 했다. 영화의 주인공들처럼 우리도 인도에서 만났기 때문이다. 물론 그는 공유와 닮은 점이 하나도 없고 나 역시 임수정과 조금도 닮지 않았지만, 못지않게 애틋한 로맨스이기는 했다.

인도는 내 첫 배낭 여행지였다. 수도 델리에 도착한 첫날, 우연히 한국 식당에서 나이가 비슷한 여행자 대여섯이 모여 술자리를 벌였다. 그 시절 유일하다시피 했던 여행책을 참고한 탓에 동선이 엇비슷했으므로 자연스레 모두가 함께 다니기 시작했다. 엑스와 나는 다른 사람들의 눈을 피해 길고 비밀스러운 썸을 거쳤다. 그는 나를 따라 목적지를 바

정지향

꾸었다. 우리는 (지독한 설사병에 걸린 채로) 바라나시에서 함피까지, 마흔 시간쯤 기차를 타고 거대한 반도를 대각선으로 가로질렀다.

함피는 옛 비자야나가르 왕국의 유적이 휑뎅그렁하게 방치된 작은 마을이었다. 서양에서 온 히피들이 몰려다니며 마리화나를 피워대고 맨발로 돌산을 기어올랐다. 북인도를 여행하는 내내 끝없이 이어지는 경적 소리와 너무 많은 사람과 개와 소에 지쳐 있던 나는 그곳에서 온몸의 긴장이 구석구석 풀려나가는 것을 느꼈다. 그와 나는 종일 단골로 삼은 카페의 해먹에 매달려 책을 읽고 커피와 맥주를 마셔댔다. 그즈음엔 선크림을 바르는 일도 포기했기 때문에 얼굴 위에 모자를 덮어둔 채 곧잘 낮잠에도 빠졌다.

동행들의 눈길에서 벗어나자 아무런 할 일도 없이, 딱히 가볼 곳도 없이 이어지는 하루하루가 애틋했다. 강가에서 함께 일몰을 바라볼 때면 눈물이 날 것 같았다. 나는 그가 오토바이를 타고 마을을 한 바퀴 돌 때나 노트북에 고개를 박고 영화에 빠진 틈을 타 일기를 썼다. 지금도 그 노트를 펼치면 행복해하면서도 무언가에 쫓기는 듯 긴장한 내가 보이는 듯하다. 나는 용기를 내서 떠나온 이 여행이 그에 대한 추억으로만 점철될까 봐, 추억을 떠올릴 때 그가 내 곁에 없을까 봐, 그래서 기억하고 싶지 않은 여행이 될까 봐 두려웠다. 그런 견딜 수 없는 조급증 역시도 사랑의 한 형태라는 것을 알기에는 나는 좀 경험이 부족했던 것 같다.

결국 나는 그를 떠나 여행을 온전히 내 것으로 만드는 편을 택했다. 함피에는 충분히 있었다고, 나는 고아(goa)주로 갈 것인데 당신은

소설로는 쓰지 못한

다른 곳으로 가면 좋겠다고 나는 벌게진 얼굴로 쏟아냈을 것이다. 그는 당황한 얼굴로 더듬거렸으나 나를 붙잡지는 못했다. 야간 버스를 타고 도망치듯 그곳을 떠났다.

고아에 도착한 나는 지극히 외로워졌다. 하필 고아는 아직 거대 호텔 프랜차이즈의 손이 닿지 않은 날것의 아름다운 해변으로 유명한 곳이었다. 혼자 얻은 방갈로는, 함피에서 묵었던 숙소보다 그다지 못할 것도 없었음에도, 불결하고 어둡게만 느껴졌다. 밤이면 파도 소리가 방갈로를 덮칠 듯 크게 들려왔고 그것이 꿈까지 따라왔다. 예쁜 옷을 사 입고 해변 펍에 가서 맥주를 마셔보기도 했다. 말을 걸어오는 다른 여행자들과 섞여 술을 마시고, 춤도 좀 춰보았지만 기분은 크게 나아지지 않았다. 혼자 터덜터덜 숙소로 돌아오던 그 길에서, 나는 엑스를 발견했다. 그는 종일 여행자거리 한가운데 선 채로 나를 기다리고 있었다.

그와는 한국에 돌아오고 몇 개월이 지난 뒤에 흐지부지 헤어졌다. 그렇지만 좀처럼 그 꿈같은 재회를 잊지는 못했고, 술이라도 한잔 마셔 아련해진 밤이면 그와의 관계를 단단하게 이어나가지 못한 것을 후회했다. 한 웹툰 플랫폼에서 그가 그린 웹툰을 발견한 것은 몇 년 뒤의 일이었다. 여행을 소재로 한 웹툰이었다. 엑스는 나와 이별한 뒤로 13개국을 여행한 프로 여행자가 되어 있었다. 웹툰 속에서 여자 주인공은 내가 인도 여행 시절 늘 입고 다니던 초록 셔츠를 입고 있었다. 내가 그랬던 것처럼 짧게 자른 단발이었으며, 이별을 고하고 떠났다가 다시 그렁그

정지향

렁한 눈으로 되돌아와 남자 주인공에게 안겼다. 나는 작가 프로필에 적힌 이메일로 편지를 보낼까 말까 고민하며 밤을 지새웠다. 당신은 나를 소재로 웹툰을 그렸지만 나는 그러지 못했노라고, 다른 모든 연애의 조각을 재료 삼아 소설을 쓰면서도 이 추억만큼은 그렇게 하지 못했노라고 고백하고 싶었다. 그렇지만 나는 일관되게 결정력이 부족한 인간이었다.

엑스와 그의 여자친구는 이제 제주도에서 함께 살면서 카우치서핑을 하고 있다고 했다. 나는 Z의 계정에 남겨진 피드백을 통해 그들의 계정을 찾았다. 둘은 이전에 함께 여행을 하면서 현지인들에게서 많은 도움을 받았다고, 이제는 다른 여행자들을 위해 도움을 나누고 싶다고 써두었다. 활발하게 게스트를 받는 듯, 거의 매주 새로운 피드백이 있었다.

지향, 얘는 너를 많이 사랑했나 봐. 눈빛에서 느껴지네. 낄낄.

Z는 그렇게 말하고는 엑스의 여자친구가 끓여주었다는 김치찌개 사진을 덧붙였다.

새로운 여자애가 너희를 다 먹여주고 있어서 참 다행이야. 많이 먹어 Z.

나는 쿨한 척, 그러나 못내 온전히 쿨하지 못한 뉘앙스로 메시지를 보내고 창을 닫았다. 엑스도, Z도 붙잡지 못한 나는 그녀에게 질투를 느꼈다.

소설의 소재가 떠오르지 않아 괴로울 때도 이 일에 대해 쓸 엄두를 내지 않았던 것은 상기했듯, 너무 달고 너무 소설 같은 이야기였기 때문이다. 내게 이 일련의 일은 맥락도, 근거도 없는 농간처럼 느껴졌다.

퍼즐 하나를 찾은 것은 얼마 전이었다. 오랜만에 사이트에 접속했더니 메인 화면에 후원을 요청하는 글이 떠 있었다. 카우치서핑은 팬데믹의 영향으로 서비스를 완전히 중단한 상태였다. 언제 다시 서비스가 시작될지 기약이 없었다. 나는 긴 상념에 빠졌다.

그리고 갑자기 오래된 기억 하나가 떠올랐다. 내가 처음으로 '카우치서핑'이라는 단어를 들은 게 언제였던가? 그때 내 곁에는 다름 아닌 엑스와 다른 동행들이 함께 있었다. 펍에서 만난 한 이스라엘 커플이 자신들은 소비 없이 하는 여행을 실험하고 있다고 말했고, 곧 카우치서핑을 언급했다. 그때 처음으로 카우치서핑 플랫폼을 보았다. 우리는 모두 갑자기 눈앞에 펼쳐진 가능성의 세계에 깜짝 놀랐다. 어쩌면 언젠가 카우치서핑을 해보자는 이야기를 주고받았을 것이다.

그러니까 후에 내가 카우치서핑을 소재로 소설을 쓴 것도, 실제로 카우치서핑을 하다가 그런 식으로 엑스와 영상통화를 하게 된 것도 어쩌면 운명의 장난 따위가 아니라, 오래전 한순간 싹을 틔우고 우리가 차마 다 알아차릴 수 없는 방식으로 이어져 온 세월의 인과인지도 몰랐다. 또 하나의 실마리도 풀리는 듯했다. Z는 잘 곳을 얻기 위해 최대한 많은 호스트에게 메시지를 보내는 전략을 취하고 있었다. 제주에 살고 있는 엑스 역시 하루에도 수십 통의 요청 메시지를 받았을 것이다. 엑스가 수

정지향

많은 여행자들 중에서 하필이면 Z를 초대한 것은, 혹시 내가 Z의 프로필에 남긴 피드백을 봤기 때문이 아니었을까? 갑작스러운 영상통화, 화면 속 놀란 내 표정은 사실 미리 엑스의 머릿속에서 계획된 그림이 아니었을까?

개연적(蓋然的)이라는 단어는 '그럴 법한 것'이라는 뜻을 가진다. 필연적인, 그러니까 반드시 그럴 수밖에 없는 것은 아니더라도 그럴 법하기는 한 일, 일어날 수도 있는 일, 그것이 소설의 세계다. 나는 아마 앞으로 Z를 다시 만나지 못할 것이고, 엑스 역시 마찬가지일 것이다. 따라서 현실을 꿰뚫고 있는 모든 일의 인과를, 소설가로서의 내가 소설을 바라보듯 속속들이 알게 되는 날은 오지 않을지도 모른다. 다만 나는 내가, 또 그들이 매번 서툴게 남긴 후회와 망설임이 긴 세월을 통과해 복잡하게 얽히며 온전히 해석해낼 수 없는 복잡한 이야기를 만들어내고 있음을 어렴풋이 느꼈다.

정지향
제3회 '문학동네 대학소설상'을 수상하며 작품 활동을 시작했다. 장편소설 『초록 가죽소파 표류기』, 소설집 『토요일의 특별활동』이 있다.

소설로는 쓰지 못한

김종현 ＊ 칼럼니스트

전구색

자, 이제 이를 어쩐다…?

컴컴하다.

스탠드 조명이 사망했다.

실내를 노르스름하게 데우던 빛이 사라졌다. 작업실로 사용하는 이 방에는 형광등을 켜지 않는다. 책상 위에 올린 노란 스탠드 전등 하나만 켜둔다. 그게 나갔다. 여분의 전구는 없다. 나름 큰 사건이다. 전원 스위치를 연신 딸깍거려도 전구는 부활하지 않는다. 하긴, LED전구가 오래 간다지만 밤낮 없이 켜 두었던 걸 생각하면 몇 년을 버틴 게 용하다.

그나마 다행인 건 컴퓨터 모니터가 세 대라는 것. 커다란 모니터들의 파리한 빛이 완전한 암흑을 막고 있다. 평소에 수십 개의 웹사이트, 프로그램, 폴더 들을 동시에 띄워 놓고 일한다. 모니터 한두 대로는 창이 창을 가리고 자료들의 맥락이 난삽하게 섞이는 걸 해결하지 못한다. 복잡하게 얽힌 생각의 온갖 교차점을 넓은 화면에 펼쳐야 해서 항상 세 대 이상의 모니터가 필요하다. 그게 이런 순간에 도움이 됐다. 하지만 모니터 불빛으로 소파의 질감이 딱딱해지는 기분까지 막지는 못했다.

기존에 쓰던 것과 똑같은 전구를 사야 한다. 그런데 이 전구의 사양이 뭐였더라. 숨이 끊어진 전구를 끼릭끼릭 돌려서 뺐다. 소켓접속부에 암호처럼 인쇄된 온갖 숫자와 영문자 사이에서 '5W / 2700K'를 읽었다. 다행히 나는 5W가 소비전력 5와트라는 것 정도는 안다. 또한 K가 색온도를 뜻하는 단위인 캘빈이며 전구의 색을 좌우한다는 것도 알고 있다.

LED전구는 낮은 전력으로도 높은 밝기가 가능하다. 불과 5W 정도면 기존의 60W 백열전구에 버금가는 효과를 낸다. 색온도는 3000K 근처로 낮아질수록 노란빛, 6000K 근처로 높아질수록 형광등처럼 하얀빛이 된다. 그리고 노란빛을 내는 전구는 기존 백열전구의 노란색과 비슷해서 전구색이라고 한다. 형광등과 유사한 백색은 주광색이라고 부른다. 이런 이름들이 딱히 알맞다는 생각은 들지 않지만, 여하튼 여기까지는 쉽다.

김종현

헷갈리는 건 이 둘 사이에 주백색이라 불리는 4000K 전구가 있기 때문이다. 주백색은 이름만 들으면 백색 같지만 실제로 켜보면 아이보리색이다. 흰색은 주광색이고 아이보리색은 주백색이라니. 게다가 옛날 백열전구 중에 백색도 있었으니 전구색이 노란색인지 흰색인지도 헷갈린다. 정리하자면 LED 전구는 전구색, 주광색, 주백색이 있지만 포장 상자만 보아서는 정확히 무슨 색이라는 건지 감 잡기가 어렵다. 게다가 같은 색 계열 안에서도 캘빈(K)값이 다르면 더 노랗거나 더 하얗게 보인다. 같은 줄 알았던 녀석들끼리 왜 느낌이 다른지 몰라서 내게 편한 색을 찾기까지 몇 번이나 실패를 반복했다. 그러다가 언젠가부터 2700K 전구색의 존재를 알게 되었고 좋아하게 됐다. 길들여진 건지 아니면 원래 좋아했던 건지 모르겠지만 이 2700K 노란색이 내 마음에 꼭 맞았다.

급한 대로 집 앞 24시간 편의점에 갔다. 진열된 전구는 몇 안 되는데 그마저도 지나치게 비싸다. 겨우 전구 하나 바꾸는 데에 만 원이나 들어야 하다니. 이런 유의 공산품들을 인터넷 쇼핑몰에서 검색해보면 같은 회사의 같은 제품들도 가격 차이가 크게 나곤 한다. 게다가 특별히 브랜드 이름에 현혹되지 않는다면 웬만한 제품 반값 이하에도 성능 좋은 녀석이 많을 것이다. 함께 전구를 찾아주던 편의점 직원 역시 높은 가격을 겸연쩍어 하는 눈치다. 그는 내게 위로인지 연대인지 모를 표정으로 자기도 전구는 다이소에서 산다고 말했다. 그렇지. 설마 이런 것도 있을까 싶은 것마저 있는 게 다이소다. 나는 동지애를 담은 눈빛으로 고개를 끄덕였다. 물론 심야였으므로 다이소는 문을 닫은 시각이다.

내일까지 노란빛을 향한 갈망을 참느냐 마느냐를 결정할 순간이다. 물론 최적의 전구를 고르겠다면 그깟 하룻밤쯤이야 기다릴 수 있다. 그래, 내일 다이소를 가는 게 맞겠다. 그전에 일단 오늘밤은 인터넷으로 더 적당한 녀석이 있는지 검색하는 게 순서겠다. 다시 집으로 향했다.

그러나 인터넷 쇼핑몰들을 검색해보니 2700K LED전구를 좀처럼 찾기 힘들다. 흡사 단종된 지 오래된 레트로 제품을 구하는 기분이 들었다. 노란색 전구의 세계는 3000K가 천하통일 중이다. 여차하면 어쩔 수 없이 이 녀석들을 사야 할 판이다. 이상한 일이다. 전에는 2700K가 흔했던 거 같은데 몇 년 사이에 소비자들의 기호가 바뀐 걸까. 이 300K의 근소한 차이는 무엇일까.

어차피 실내의 너비와 벽 색깔, 조명의 위치와 방향, 시간대와 외부 광량, 가구들의 배색 그리고 그곳에 머물던 마음 등이 불빛의 느낌에 많은 영향을 끼친다. 이런 종류의 기억은 당시의 실체이기보단 그 시각에 일어난 감정의 기록에 가깝다. 그러니 겨우 300K의 차이를 감별하려는 건 가장 지속하고 싶은 감정을 향한 욕망이다. 원하는 색감의 전구를 고른다는 건 깜깜한 밤에도 내부의 사물을 식별할 수 있는 불빛을 사려는 게 아니다. 마음이 가장 소망하는 상태의 공간을 구하려는 것이다.

나의 스탠드 전등은 벽을 향하고 있다. 하얀 벽지를 조용히 바라보는 전등갓으로부터 비스듬히 쏘아 올려진 노란빛은 항상 실내를 안

김종현

온하게 물들여주었다. 친구들은 이 공간에 들어설 때마다 소파에 길게 눕듯 게으르게 늘어져서는 석양 같은 침잠을 만끽하곤 했다. 그들은 여기만 오면 오래 있게 된다며 깊은 새벽이 되도록 소파에서 일어나질 못했다. 술 한 모금 없이 두런두런 이야기를 이어갔다. 아마 수만 년 전 모닥불 주위에 둘러앉은 원시인들도 아득한 신화와 용감한 전사가 수놓는 밤을 그런 기분으로 지냈을 것이다. 친구들의 반응을 볼 때면 나는 마치 나의 내밀한 결이 위대한 승리라도 거둔 것처럼 흐뭇했다. 그 기분의 절반 이상을 2700K 전구가 만들어내 왔다. 이 얼마나 실존적인가. 꼭 원하는 전구를 사야겠군. 다만 조금 어두침침하여 동굴 같다는 평가가 더러 있었으니 새로 살 전구는 광도를 살짝 개선하면서도 거의 비슷한 느낌을 내면 되겠다.

새벽 내내 인터넷 쇼핑몰을 뒤적여본 결과 일차적인 결론은 예상대로 다이소다. 일단 인터넷에 올라온 제품들의 상세설명이 워낙 엉망이라서 어느 것 하나 제대로 믿을 수 없었다. 2700K도 찾기 힘들뿐더러, 홍보 문구에 표시된 색온도와 제품의 상세소개에 적힌 색온도가 다른 경우가 허다했다. 상황이 이렇다면 굳이 정확치 않은 제품을 인터넷으로 주문해서 며칠 뒤에 배송 받을 이유가 없다. 차라리 가까운 다이소 매장에 가서 눈으로 직접 보고 사는 게 시간도 아끼고 최선이다. 어쨌든 다이소엔 다 있을 테니까.

다음 날 집 근처 다이소 매장 3층의 전구 매대 앞에 선 나는, 언제

나 그렇듯 세상일이 내 뜻대로 풀리지 않는다는 걸 다시금 깨달았다. 내 눈앞의 전구색 전구들은 전부 3000K뿐이었다. 2700K 전구는 하나도 없다. 나는 생각한다. 곧 주말이 온다. 위켄드 이스 커밍. 택배사들은 주말에 쉰다. 이제 와서 인터넷으로 2700K 전구를 주문하면 아무리 빨라도 다음 주 월요일에 배송을 시작해서 화요일에 받는다. 더 늦으면 수요일도 될 수 있다. 한 끗 차이로 닷새 정도를 날릴 순 없다. 그런데 지금 손만 뻗으면 닿을 곳에 어쨌든 3000K 전구가 있다. 나는 지금 나를 열렬히 설득해야 한다. 2700K보단 백색에 가깝겠지만 그 차이는 미미할 것이다. 아니 오히려 그 정도 차이가 방 안을 좀 더 화사하게 만들지 않을까. 상자 겉면에 쓰인 8W가 대체 어느 정도로 더 밝은 건지는 모르겠지만 이번에 어둠을 개선할 필요도 있다.

무엇보다, 이 3000K 전구는 그녀가 떠난 뒤로 몇 년간 우울의 늪을 헤매던 내게 새로운 변화를 가져오진 않을까. 내 영혼은 너무 오랫동안 어둑한 동굴 안에 숨어 있었다. 나올 때가 지났다. 그래서 나는 생각한다. 고로 존재 아니 결정한다. 오케이, 보다 생동감 있는 공간을 만들자. 이별과 애증의 잔재가 더 이상 내 밤의 도둑이 되어 방 안 구석구석에 숨어들지 못하도록 하자. 내가 스스로 나의 속내를 정확히 간파하자. 3000K로 가자.

물론 그날 밤 나는 스탠드 앞에 서서 또다시 깨달았다. 세상일은 정말이지 절대 내 뜻대로 처리되지 않는다는 것을. 너무 밝다. 아니 정

김종현

확히는 너무 미묘하게 밝아서 그 밝음을 부정하기도, 외면하기도, 받아들이기도 곤란하다. 노란색의 차이마저 미묘했다. 부정할 수도, 외면할 수도, 받아들일 수도 없이 애매하게 옅은 노란색이다. 전등갓을 이리저리 틀기도 하고 전원을 켰다 껐다 반복했지만 달라질 건 없다. 희망과 실재 사이에서 계속 떠오르는 질문들. 지금 이 느낌은 이전보다 나아진 건데 단지 내가 적응을 못하는 것인가. 난 이 조도를 싫어하는 것인가 아니면 변화를 싫어하는 것인가. 내가 예전 노란색을 더 마음에 들어 했다는 근거는 대체 무엇인가. 사망한 전구는 다시 깨어날 수 없고 2700K 전구는 구하지 못했으니 비교가 불가하여 알 길이 없다. 내가 찾는 정답은 무엇이며 어디에 있는가.

혹시 적응할지도 모르니 하루 이틀 더 지내보기로 마음먹기는 했다. 하지만 토요일과 일요일을 지내면서 나의 뱃속 깊은 곳에선 '아니, 이건 실패야.'라는 울림이 은은하게 퍼져 나갔다. 공간은 한없이 가벼운 아이보리색을 향해 열심히 달려간다. 아무래도 원하는 전구를 다시 제대로 찾아야겠다는 생각을 멈출 수 없다. 내가 놓친 게 무얼까. 와트 수와 색온도를 맞추면 되는 게 아니었나. 만약 2700K를 찾아내 사더라도 휘영청 밝으면 어떻게 하지. 빛의 색과 광량을 내가 원하는 정도로 맞추려면 무엇에 초점을 맞춰야 하는 걸까.

이미 사망했던 원래 전구를 다시 집어 들었다. 먼지벌레만큼 작디작게 인쇄된 글자들을 스마트폰 카메라로 찍은 다음 확대해서 다시 보왔다. 이전에는 대충 지나갔던 새로운 정보가 눈에 띈다. 400lm이란 수치. 이게 뭔가. 왜 전에는 그냥 지나친 거지. 이 숫자에 맞춰서 사야 원하는 걸 얻을 수 있었던 거였나. 우선 이것부터 알아봐야겠다. 어차피 미묘하게 생경한 이 불빛 속에선 일주일 이상 버티지는 못할 것 같다. 전구의 적절한 교체 타이밍은 그 이내여야 할 것이다. 오늘이 가기 전에 사야 주중에 배달될 텐데 기왕 할 거라면 이번엔 처음부터 제대로 차곡차곡 알아보자.

　　나의 벗이자 운동장, 드넓은 모니터 세 대 앞에 각을 잡고 앉았다. 구글과 네이버를 종횡무진 헤집는다. 전기와 전력, 조명과 인테리어, 학술정보와 신문기사 등의 문서들을 펼치고 연결하고 비교해가며 들여다본다. 단위를 읽는 방법부터 시작해서 비슷한 개념들을 어떻게 구분하고 사용하는지 배워간다. 내 마음이 가장 안주하고픈 공간을 욕망하는 데 있어 이렇게 들이는 노력은 전혀 헛된 게 아니다. 인간의 감정을 위해 존재하는 감각의 영토는 이성과 탐구로 건설된다. 무언가를 향해 열심히 달려가는 사고의 지도를 일목요연하게 펼치는 건 그 자체로 희열이다. 이 한 번의 집중이 앞으로 어떤 상황에서든 내가 선택할 공간의 꼴자를 정의한다. 그것은 일상을 정의하는 것이며 삶을 규정하는 것이다. 그러니 얼마나 중대한 일인가. 브라우저 탭들을 넘기는 시선과 다운로드한 문서들을 스크롤하는 손가락을 예민하게 움직였다.

　　새로 발견한 '400lm'에서 lm이라는 단위는 루멘이라고 읽는다는

김종현

걸 알아냈다. 루멘은 광원에서 직접 나오는 광도를 뜻하는 단위였다. 그러니까 같은 와트(W)라도 루멘값에 의해 빛의 양이 달라진다. 이걸 빼먹었구나. 처음 새 전구를 찾을 때 전력과 색온도를 대충 알아보고 어느 정도 근접한 숫자라면 비슷하겠거니 넘어간 게 잘못이었다. 아무래도 이전 전구의 소비전력 5W, 색온도 2700K, 광도 400lm과 가장 비슷한 녀석을 골라야 하겠다. 그러지 않으면 지금처럼 원하지 않는 불만족스러운 상황에 놓일 것이다. 나는 단지 내가 원하는 따듯한 색감의 불빛 안에서 머물고 싶을 뿐이다.

새벽은 월요일을 향해 속절없이 달린다. 인터넷은 광활하고 원하는 모든 정보에 꼭 들어맞는 녀석을 찾기란 힘들다. '5W / 2700K / 400lm'. 대체 너는 어디에 있는 것이냐. 거의 포기에 가까운 심정이었을 무렵, 드디어 가장 유력하다고 추정할 만한 제품 하나를 간신히 찾아냈다. 쇼핑몰 리스트에서 수많은 후보 제품군들을 도출하여 그중에 알맞지 않은 녀석들을 치워가면서 골라낸 최종 몇 개의 제품들, 그리고 그중에서 다시 리뷰 사진 수백 장을 꼼꼼히 살피다가 단 두 장의 사진으로부터 '5W / 2700K / 480lm'이라고 적힌 LED전구 포장 상자를 발견했다. 가장 비슷한 사양에 아주 조금만 밝은 빛. 그러니까 대략 소수점 이하에 해당하는 희박한 확률의 물건을 드디어 찾아낸 것이다.

물론 제조사 홈페이지에 가도 정확한 제품 사양을 찾을 수 없었으므로 그 전구가 내가 찾던 그 전구인지는 여전히 확신할 순 없다. 하지만 나머지는 운에 맡기자. 충분히 노력했다. 살면서 도박 같은 선택을 하지 않는 경우가 얼마나 된다고. 며칠만 기다리면 된다. 아무리 늦어도 이번 주 중에는 내가 그토록 바라던 공간이 재현된다. 사진 속에서 발견한 그 사양이 맞다면 기존의 전구보다 아주 약간만 더 밝은, 그러니까 처음부터 그렇게 찾아 헤매던 녀석을 얻게 된다.

생각해보면 원래 어려운 일이었던 걸지도 모른다. 빛깔이란 금 긋듯이 딱 나누어질 수 없다. 노란색이 아이보리를 지나 백색에 이르는 동안 어디서부터 어디를 잘라야 반드시 노란색, 아이보리색, 하얀색이라고 할 수 있나. 연속적인 벡터의 어느 한 영역에 특별한 성격을 부여해서 자기 마음에 정확히 들어맞도록 이름 붙이려는 시도 자체가 부질없는 짓일지도 모른다. 그럼에도 그렇게 하고야 마는 게 인간이다. 겨우 불빛일 뿐인 것조차 눈에 보이지 않는 단위로 쪼개는 건 인간만이 하는 일이다.

별빛마저 감춰진 검은 밤, 동굴 속에서 노랗고 붉은 모닥불을 멍하니 바라보는 고대인의 가슴속에도 수만 갈래 감각의 일렁임이 춤을 췄을 것이다. 지성이 인간만의 특징이 되기 오래전부터 그들도 자기 내면의 파도가 무엇인지 정체를 알고 싶었을 것이다. 현대인의 감정이라고 해서 특별히 다를 게 없다. 걷잡을 수 없이 피어나는 마음의 갈피 중 자신이 머무르려는 곳을 정확히 짚고 싶었던 인간은 와트와 캘빈과 루멘을 고안해냈다. 그 덕분에 오늘의 나는 똑같은 여정을 좀 더 편리하게

김종현

겪는다. 내가 원하는 색은 대체 나에게 어떤 의미인가. 규정하기 어려운 답을 어떻게든 정의히기 위해, 나는 사양에 따라 제품 리스트를 쪼개고 쪼개고 또 쪼갰다. 내 마음의 중심을 향하는 미로에서 나는 다행히 짧은 시간만 버티면 됐으니 운이 좋았다.

전구는 약간 늦은 목요일에 도착했다. 예상보다 하루 지체됐지만, 뭐 그 정도쯤이야. 다행인 건 택배가 저녁에 도착해서 테스트를 위해 오래 기다리지 않아도 된다는 거였다. 얼른 전구가 든 상자의 겉면을 이리저리 돌려봤다. 오, 여기 적혀 있다. 5W! 2700K! 480lm!! 전등에 꽂아본다. 전과 같은 진한 노란색이지만 한 꼬집 정도만 살짝 밝은 포근한 빛. 완벽하다. 어둑하던 때와 달리 조명의 그림자가 더 이상 심연의 검은 입이 아닌 부드럽고 윤기 나는 벨벳이 되도록 만드는 세기. 내가 원하는 전구였고 내가 원하는 불빛이었으며 내가 원하는 느낌이다.

'그래, 난 이 색이 제일 좋아.'

며칠 동안 우여곡절 끝에 찾고 찾아 드디어 구현해낸 나의 빛과 공간. 그래, 난 이 색이 제일 좋아. 나도 모르게 같은 말이 계속 맴돈다. 그래, 난 이 색이 제일 좋아. 왠지 이거 전에 어디선가 들어본 것 같은데. 분명 전구를 켜며 나온 말이다. 그런데 내가 한 건 아니다. 어디서 들었더라.

아…. 이런. 너무 오래 지나서 어느새 잊고 있었다. 직전까지 쓰던, 이번에 수명을 다한 그 전구는 내가 산 게 아니었지. 그녀가 전구를 갈아 끼우며 말했었어.

"그렇지, 난 이 색이 제일 좋더라."

LED전구는 오래 간다. 그녀의 전구는 몇 년 동안 저 전등갓 속에서 벽을 바라보고 있었다. 하얀 벽지에 반사돼 천장을 타고 올라가 반대편 벽으로 흘러내리던, 방 안을 데우던 그 노란색은 내가 골랐던 게 아니다. 그래서 사양을 기억하지 못했구나.

이제서야 떠오른다. 그때 나는 나의 사랑하는 모니터들 앞에 앉아 있었다. 두 눈은 120도가량 펼쳐진 넓은 화면 속의 어지러운 맥락을 좇고 있었다. 시냅스가 끝없이 연결되는 고민의 세계에서 빠져나오지 못하고 있었다. 이 노란색이 좋다고, 이 불빛이 가장 이쁘다고, 들으라는 듯 감탄하던 목소리가 이제야 기억난다. 그러나 나의 눈이 모니터 베젤을 벗어났던 기억은 없다. "어, 나두…"라는 대답 정도는 했을까. 며칠 동안 검색하거나 복잡하게 공부할 필요가 없는 말이었는데. 나는 무엇을 보고 있었을까. 그녀가 어떤 표정이었는지 떠오르지 않는다. 그게 몇 년 전이었더라. 그 순간은 아주 짧았고 지금은 너무 많은 시간이 지났다.

소파에 길게 누웠다. 천장 가득 노란 불빛이 차오른다.

김종현

김종현

도예를 전공하였으나 게임회사에서 일하였고 오랫동안 콘셉트 아티스트이자 그 래픽 일러스트레이터였으며 지금은 시사 분야 칼럼니스트이면서 시나리오 작가.

시간의 안, 시각의 밖

timing :

1. the time when something happens.

2. the ability to do something at exactly the right time.

김아주

2월 23일

몸에 열이 나는 듯했다. 원래부터가 열이 많은 체질인 것은 알고 있었으나 평소의 몸 상태와는 조금 다른 느낌이었다. 요즘 같은 코로나 시국에 열이 난다는 사실은 상당히 겁이 날 법한 일인데 특별히 겁이 나지는 않았다. 이전에 독감을 겪어 호되게 아파 본 경험 때문인지, 감기 증상의 고열은 아닌 것 같았다. 서둘러 출근할 채비를 했다.

출근길은 시장 길을 통과하며 시작한다. 시장을 지날 때마다 드는 생각은 하루를 일찍 시작하는 부지런한 사람들이 많다는 것. 가지런히 포장된 여러 종류의 떡이 진열된 떡집을 지날 때마다 유난히 희고 윤기 나는 한 종류의 떡에 눈이 머무른다. '때깔 참 고운 게 오늘도 아주머니께서 이른 시간부터 떡을 준비하셨겠다.'라고 생각하며 주머니 속 지갑을 만지작거리며 머뭇거리다 이내 발걸음을 옮긴다. 골목 끝 큰길가가 시선에 들어올 즈음, 도로 위 자동차들이 서서히 속도를 늦추는 것이 보여 발걸음을 재촉한다. 골목 귀퉁이를 지나자마자 보이는 횡단보도 신호. 초록불이 깜빡인다. 3··· 2··· 1··· 아침의 열 기운이 다시 돈다.

2월 24일

새벽에 잠을 조금 뒤척였던 탓인지 몸이 찌뿌둥하다. 유난히 눈꺼풀도 무겁다. 잠을 푹 잔 것 같은데 피곤한 느낌이 드는 걸 보면, 요즘 업무가 많아 특별히 더 고되었나 보다. 열린 창문 틈 사이로 쌀쌀한 아침 공기가 새어 들어온다. 밤중에 일어나 창문을 조금 열었던 기억이 문득 떠오른다. 밤새 높은 체온에 이불까지 덮고 자니 더웠던 모양이다. 배는 꼭 덮고 자야 한다는 엄마의 말씀을 어려서부터 듣고 자라서인지 아무리 더워도 배는 꼭 덮고 자는 습관이 있다. 세 살 버릇 여든까지 간다고, 이런 습관은 좋은 습관인 것 같다 생각하며 몸을 일으키려는데 팔다리가 무겁다. 알 수 없는 근육통에 문득 마음이 무겁다. '별 일 아니겠지.' 하고 다시 몸을 일으킨다.

김아주

출근길 버스 안, 맨 뒷좌석에 앉아 사람들의 새까만 뒤통수, 축 늘어진 어깨에 시선이 잠시 머물다 휴대폰 위를 바쁘게 오가는 손가락들을 보며 이내 시선을 거둔다. 창밖에서 들어오는 햇빛에 눈이 부시다. 미간이 움찔거리는데 어젯밤 친한 동생이 임신 3개월이라고 전해온 소식이 떠올라 가방 속을 더듬어 휴대폰을 꺼낸다. 초록 검색창에 '임신'까지 입력하니 하단에 떠오른 연관 검색어 '임신 극초기 증상.' 관련 게시 글과 문의 글이 상당하다. 2020년 기준 출산율 0.75를 기록한 우리나라에도 생명이 계속하여 움트고 있다는 사실이 반갑게 느껴진다. 각 글이 공통적으로 언급하는 임신 극초기 증상은 무기력함과 피곤함, 체온 상승과 미열, 감기 증세 및 몸살, 가슴 유두 통증, 착상혈, 식성 변화. 게시 글의 저자들은 이런 증상을 느끼고 임신 사실을 단번에 알았을까. 임신 사실 확인 후에야 비로소 그러한 증상들이 임신 증상이었던 것을 알았을까.

시간의 안, 시각의 밖

2월 25일

요 며칠 소화가 좀 안 되더니, 가슴 통증까지 더해진 것 같다. 근육통까지 지속되어 오전에 병가라도 내고 잠시 병원을 다녀와야 하나 고민하다 육여 년 전 일이 떠오른다. 한창 바쁜 로스쿨 1학년 시기를 보내던 어느 날 아침, 온몸을 두드려 맞은 것처럼 욱신거리고 머리가 지끈거리는 상태로 눈을 떴다. 전날 밤 늦은 시간까지 수업에 필요한 판례를 공부하느라 잠을 몇 시간 채 못 잤던 탓일까 생각하며 몸을 일으키려는데 다리가 몸을 지탱하지 못해 그대로 주저앉고 말았다. 도저히 걸어서는 방문을 나설 수가 없을 만큼 몸에 힘이 없었다. 수업 시작까지 남은 시간은 1시간 30분. 외출 채비를 하다 보면 자연스레 몸 상태가 나아질 수 있다는 믿음으로 화장실을 향해 한 다리, 한 팔씩 기어가기 시작했다. 그리고 결국 며칠간 학교를 가지 못했다. '그때에 비하면 지금 상태는 나쁘지 않지.'라고 생각하며 이내 침대에서 몸을 일으킨다.

출근길 시장골목 끝 큰길가가 시야에 들어온다. 오늘도 도로 위엔 차들이 많구나. 터덜터덜 골목 귀퉁이를 지나 횡단보도에 다다른 순간, 보행자 신호가 초록불로 바뀐다.

김아주

2월 26일

미열, 근육통 등의 증상이 이어진다. 임신일 수도 있을 것 같아 남편에게 이야기했더니 그의 부드럽고 큰 눈망울이 유난히 반짝인다. 나를 살포시 안으며 조급해하지는 말고 다음 생리 예정일 때까지 기다려보자고 한다. 그의 품에서 내 머릿속은 바쁘다. 양가 부모님께서 임신 소식을 들으시면 좋아하시겠지. 언제 어떻게 알려드리는 것이 가장 좋을까. 어버이날에 짠 하고 알려드리면 감동스러운 선물이 될까. 안정적인 직업이 있어 얼마나 감사한 일이야. 직장에는 언제 어떻게 알릴까. 좋아하는 일을 하고 있으니 다행히 업무 스트레스는 크지 않겠지. 필라테스는 당분간 하지 말고 임산부 운동 프로그램을 알아볼까. 몸은 무거우나 마음은 날아갈 것 같다.

코로나 시국의 간헐적 재택근무로 한동안 얼굴을 보지 못했던 몇몇 직장 동료들과의 식사 자리. 서로의 안부를 묻다 한 동료가 나의 계약기간 만료 시점이 언제인지 물었다. 잠시 머릿속으로 계산을 하고 몇 개월 남았다고 대답했다. 그때쯤 재계약을 하겠지 생각하던 찰나, 동료가 다시 물었다. 2년째는 동일 조건으로 재계약을 하지만 3년 차부터 재계약 조건이 조금 다르다고 알고 있는데, 혹시 알아보았느냐고. 그동안 수차례의 인사이동과 환영식, 환송식을 겪으면서 재계약 요건이 달라질 수 있다는 이야기는 들어보지 못했기에 내가 재계약 대상인지 여부는 생각하지 않은 혹은 못한 부분이었다. 당초 입사 시 계약서에 이런 조건이 명시되어 있던 기억이 없는데 말이다. 당혹스러웠지만, 알아봐야겠다고 답했다. 할 수 있는 일은 하되, 그 외의 것은 하늘에, 시간에 맡기는 수밖에.

초조해진 손가락을 내려다본다.

2월 27일

눈을 떴을 때 바라본 방 안은 아직 어둑한 듯했다. 휴대폰 스크린을 톡 건드려 보니 오전 6시 30분. 주말이라 알람도 맞추어 놓지 않았는데 몸이 평소 때를 기억하고 스스로 깼나 보다. 계속되는 미열에 팔다리는 여전히 무겁고 기운이 없다. 두 눈에 피로가 쌓여 눈꺼풀이 무거운데도 잠을 다시 청하기에 마음이 편치 않다. '재계약'이라는 세 글자가 머릿속을 맴돈다. 가슴이 콕콕 쑤셔온다.

어제의 당혹스러움이 손가락에 묻어 있는 것만 같다. 색깔이라도 입혀 변화를 주면 그 당혹스러운 기분을 없앨 수 있을까. 주말에 집 근처 네일샵 중 예약 가능한 곳이 있으면 다녀오려는 생각으로 휴대폰으로 검색을 한다. 아파트 근처에만 일곱 군데나 있다니. 한두 군데씩 전화를 걸어보는데, 입을 맞추기라도 한 듯 돌아오는 대답이 일괄적이다. "주말 예약은 모두 마감되었어요."

김아주

3월 1일

인사 담당자에게 재계약 조건을 문의하였다. 관련 법규상 3년 차 재계약을 위해서는 국내 변호사 자격이나 박사 학위가 필요하다는 답변을 받았다. 동료의 말처럼 외국 변호사 자격만으로는 재계약이 어려운가 보다. 이런 상황을 미리 인지할 수 있는 건 감사한 일이라 생각하니 마음이 홀가분하다. 다음 스텝을 준비하라는 때인가.

3월 3일

미열이 떨어지지를 않는다. 지금 정도면 임신에 대한 조기 진단이 가능하겠거니 생각하며 얼리(early) 테스트기를 집어 들었다.

한 줄.

아직은 너무 이른가 보다.

3월 6일

아침에 눈을 뜨자마자 테스트기를 집어 들었다. 몸은 여전히 따뜻했다. 생리 예정일이니 오늘은 드디어 확인을 하는구나 싶었다.

한 줄.

테스트기가 잘못된 것 같았다. 아직도 이른 것일까.

최근 개봉한 영화 〈미나리〉를 보려고 정말 오랜만에 찾은 영화관. 영화 상영 시간보다 30분 일찍 도착한 우리는 건물 내 오락실을 찾았다. 요즘 오락실에는 무슨 게임이 있나 궁금해서 둘러보다 어느 인형 뽑기 기계 앞에서 발걸음이 멈춘다. 월트 디즈니의 프린세스 애니메이션 중 유일하게 러브라인이 없는 얼음 공주 엘사, "Do you wanna build a snowman?(눈사람 만들래?)" 노크 노래로 인기몰이를 한 여동생 안나와 "Love is putting someone else's needs before yours. (사랑은 타인의 필요를 우선시하는 것이야.)"라는 명대사를 남긴 올라프 인형이 가득했다. 엘사 인형이 예쁘다는 나의 한마디에 남편은 인형을 뽑으려는 집념

김아주

을 보였다. 천 원… 삼천 원… 오천 원… 육천 원… 기계는 계속 돈을 먹는데 나오는 건 없었다. 허탕이구나 싶어 발걸음을 돌려 다른 오락 기계를 구경하는데, 몇 십 초 뒤 남편이 다가와 인형 하나를 내밀며 맑게 웃는다. "우리, 딸인 것 같아. 엘사로 하자."

3월 7일

밤중에 비가 보슬보슬 내린 것 때문일까, 몸이 으슬으슬한 느낌으로 눈을 떴다. 배는 물론 목까지 이불을 잘 덮고 있었는데, 어제까지 지속된 미열이 더 이상 느껴지지 않는다. 불안한 마음에 어두운 방을 슬그머니 나와 거실로 향한다. 불을 켜고 소파에 앉아 목, 팔, 배 등을 만져보는데 손이 닿는 곳마다 거실의 쌀쌀한 공기만큼이나 싸늘하다. 혹시 다시 따뜻해질 수 있을까 하여 소파에 앉혀 놓았던 엘사 인형을 가슴에 품고, 소파에 옆으로 누워 몸을 웅크린다. 이내 조용히 소리 내어 기도하기 시작한다. 눈이 뜨거워지려는 것을 애써 꾹꾹 누른다.

그날 저녁, 소량의 피가 나오기 시작했다.

3월 9일

극심한 하부 통증을 호소하며 일어난 아침. 남편이 다리를 꾹꾹 주물러준다. 영문을 알 수 없으나 몸을 일으켜본다.

여느 때와 같이 업무에 파묻혀 있던 오후, 인사 최고권한자와 우연히 대화를 나누게 되고 새로운 사실을 알게 된다. 내가 담당하고 있는 업무 특성상 나는 3년 차 재계약 대상에 해당이 된다는 것. 재계약 의향이 있으면 충분히 재계약할 수 있다는 이야기를 듣는데, 눈빛이 잠시 흔들리는 듯하다 결국 아무런 표정을 지을 수가 없다. 한 발짝 떼어놓았던 마음에 따뜻한 기운이 감돈다. 감사한 일인 것은 분명하다.

김아주

3월 13일

산부인과를 찾았다. 확인이 필요한 때인 것 같았다. 담당 의사 선생님께 지난 몇 주간 나타난 일련의 신체 증상들을 설명해 드리고 소견을 여쭈었다.

"말씀하신 내용만 들어봤을 때 임신은 아니었던 것 같아요." 진료 끝에 임신의 흔적도, 따라서 유산의 흔적도 발견하지 못했다는 의사 선생님의 말씀. 안도하였다. 아직은 때가 아닌 것이다.

집으로 돌아가는 길, 길가에 위치한 어느 네일샵을 지난다. 유리 벽 너머로 손님이 없는 것이 보이고, 망설임 없이 차에서 얼른 내린다. 자리를 잡고 앉자 원장님의 휴대폰 벨소리가 울리고, 원장님은 수화기 너머 사람에게 말한다. "지금 마지막 손님 계세요. 오늘 영업 마감되었습니다."

타이밍의 정의가 '무언가 발생하는 시간', 혹은 '알맞은 때에 무언가를 할 수 있는 능력'이라고 하던가. 시장 상인들이 이른 아침부터 부지런하게 하루를 맞이하는 것, 직장인들이 시간 맞추어 출퇴근길 지하철과 버스에 오르는 것, 사람이 신체적 이상을 느껴 병원을 찾는 것은 우리가 때를 보아 해낼 수 있는 일일 수 있다. 다만 날이 밝아 아침이 찾아오기에, 정해진 시간과 질서에 따라 사회가 움직이기에, 내 몸과 정신이 살아 숨쉬기에 가능한 것일지 모른다. 매일 아침 일어날 수 있는 상태이기에 몸을 일으키는 것처럼 말이다.

김아주

결론은 초록불도 빨간불도 아니다. 내가 빨라도 빨간불에 멈추게 되고, 내가 느려도 충분히 초록불을 만날 수 있는 것이 삶이자 시간이기도 하다. 떡을 살까 고민한 시간 때문에 횡단보도를 건널 타이밍을 놓쳤다고 단언할 수 없고, 임신과 출산, 구직과 이직 등 일련의 상황들이 내가 원하는 시간에 혹은 내 뜻과 계획에 따라 이루어지리라 예단할 수 없다. 천천히 걸어야 길이 순탄해지는 것도, 기대를 하지 않았을 때 원하는 일이 이루어진다고 단편적으로 이야기할 수도 없다. 타이밍이라는 것은 내가 잘 찾아야 하는 것일 수도, 나를 찾아와주는 것일 수도, 혹은 이미 나와 함께하는 것일 수도 있다. 햄릿의 말처럼 인간은 사고의 반경이 끝이 없고 그 움직임은 민첩할 수 있는 경이로운 존재이면서 먼지처럼 덧없을 수 있기에, 나는 오로지 시각 밖의 일들을 시간 안에서 기쁨과 감사로 경험하고, 흐르는 시간 속에서 그 시간을 열심으로 살아낼 뿐이다.

김아주

미국 변호사. 미국에서 대학과 로스쿨을 졸업하고 법원 재판연구원 등으로 일했다. 현재는 한국 정부에서 투자자-국가 간 분쟁해결(ISDS) 등 국제분쟁대응 업무를 하고 있다. 여러 나라를 경험한 내용을 토대로 대학생 때부터 책 내는 것이 버킷리스트였는데, 우물쭈물하다가 이 책에 처음으로 글을 싣게 되었다. 작가의 길은 쉽지 않은 것 같으나 변호사 업무에 충실하다 보면 좋은 기회에 또 찾아뵐 수 있지 않을까 한다. 참, 지금은 예비 엄마이다.

박성운 ✳ 작곡가

아직은, 괜찮다

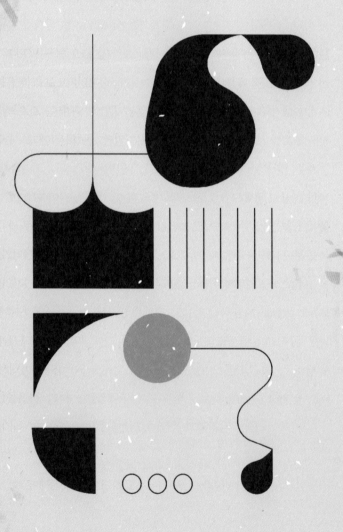

박성운

오선지 위 음표와 쉼표가 주어진 역할을 가지고 뒤엉켜 있다. 마디 안 그들이 각자의 위치에서 맡은 임무를 수행할 때 비로소 음악은 완성된다. 내가 서 있는 이 자리에서 난 언제, 어떻게 진동을 해야 할까? 그리고 언제 쉬어야 할까?

제대로 파악하지 못한 나는 미완성된 노래와 같다. 바르게 연주되지 못한 음악이다. 난 이제 세상과 어울려 화려하게 연주되고 싶다. 완벽하지는 않아도 완성된 곡이 되고 싶다. 가끔은 피아노로, 포르테로, 음 사이의 공백이 들려주는 소리를 통해 그렇게 나를 완성하고 싶다.

'나이가 많다'라기엔 모든 것을 핑계거리로 만들고 싶은 나약함 같고 '난 아직 젊다'라기엔 어릴 적 그 높은 텐션을 잃어버린 것 같은 나이 서른일곱, 난 다른 사람들보다는 조금 느리지만 아직은, 괜찮다.

아직은, 괜찮다

종종 나는 지난날 갈림길에 멈춰서 있던 그때를 떠올리곤 한다. 선택의 기로에 서서 걸음을 재촉하지 못했던 나는 어느 한 곳도 선택하지 못했다. 근거 없는 자신감에 넘쳐 있을 그 무렵 이 자리에 계속 서 있으면 누군가 나를 봐줄 거라고 생각했는지도 모른다. 그리고 내게 찾아와 날 필요로 했을 때가 최적의 타이밍이리라 생각했을 것이다.

어림없었다. 스스로에게만큼은 유난히 관대했던, '나는 특별해!'를 마음속으로만 외치고 다녔던 내 모습은 미래를 향해 느린 걸음을 하던 친구들과는 제법 다른 형태였다. 좁디좁은 홍대의 인디밴드 활동으로 조금 일찍 발을 내딛은 덕에, 그 경험이 특별한 자만 가질 수 있는 특권이라도 되는 듯 행동했다.

하지만 난 특별하지 않았다. 순서가 달랐다. 친구들이 쉬어갈 때 난 연주되고 있었을 뿐이고, 모두가 자신만의 완성된 노래를 만들기 위해 노력하고 있었다. 난 다르지 않았다. 난 특별하지 않았다. 착각이었다.

*

사람은 밖으로 표출하고 싶지 않은 아픔을 한 가지씩은 가지고 있다. 그것이 크든 작든 나에게도 알리고 싶지 않은 상처가 있었고 그로 인해 기댈 곳이 필요했다.

어릴 적, 나의 비워진 세상을 소리로 채우고 그 안에서 한가로이

유영하는 것을 즐겼다. 기분과 상황에 맞춰 내 감정을 증폭시킬 수도, 억제할 수도, 나를 컨트롤할 수 있는 유일한 수단이었고 신세계였다. 그래서 유난히 음악 듣는 것을 좋아했고 CD와 CD플레이어만 있으면 하루를 지루하지 않게 보낼 수 있었다.

중학교 2학년 사춘기 즈음, 미래에 가질 직업에 대해 끊임없이 탐구하고 고민하고 친구들과 많은 얘기를 나누다가, 누구나 그렇듯 관심사를 직업으로 이어갔으면 좋겠다는 꿈을 꾸게 되었고 나에겐 음악을 만드는 '작곡가'라는 꿈이 생겼다. 음악을 통해 독자적인 세계관을 만들어갈 수 있는 것에 흥미가 있었고, 모든 일에 음악은 꼭 필요하고 또 무언가를 포장하는 데 필수적인 요소일 것이라는 비교적 현실적인 계산도 있었다. 무엇보다도 나의 미약한 재능이 발전되어 음악을 만드는 데 쓰이면 좋겠다는 간절한 바람이 있었다.

그만큼 나는 음악을 좋아했고 거기에 기대었다. 그 시절 망설임 따위는 없었고, 내 삶 자체가 음악이길 바랐다. 그렇게 주변 사람들의 반대를 외면한 채 모든 학업의 방향을 음악 공부로 돌려버렸다.

시작은 괜찮았다. 새로운 것을 배우는 재미가 있었고 내 손을 통해 머릿속이 음악으로 구체화되는 것은 그 어떤 것보다도 즐거웠다. 한 스텝 한 스텝이 도전이었고 성취감이었다. 정답이 없었다. 그렇기에 틀에 갇히지 않고 마음이 가는 대로 결정할 수 있었고, 어린 나에게 그것은 강력한 일탈이었다. 마치 타이밍의 마술사가 되기라도 한 듯, 나는 원하는 곳에 음표를 그려갔다.

괜찮기만 했던 것은 아니었다. 장점들이 전부 단점이 되는 순간, 새로움은 매번 나를 지치게 했다. 정답이 없는 작업은 너무나 큰 스트레스로 다가왔고, 도전은 늘 실패가 함께했으며, 그로 인한 성취감은 쉽게 찾아오지 않았다. 그때 난 좋은 선택을 한 걸까, 너무 일찍 나의 인생을 정한 건 아니었을까, 조금 더 세상을 경험했다면 더 나은 선택을 할 수 있지 않았을까, 그런 부류들의 의심들로 불안감을 키워갔다.

다만 후회하고 싶지 않았다. 유난히 센 자존심과 고집으로 인한 내 신념이 탄생하는 순간이었다. 어떤 방향, 어떤 타이밍인지는 내게 중요하지 않았고 그 선택이 좋은 결과가 되게끔 노력하고 만들어내는 것이 가장 큰 목표가 되었다. 그때부터 내 신념은 '선택을 후회하지 않게 만들면 된다.'가 되었다. 삶('B'irth)과 죽음('D'eath) 사이에 선택('C'hoice)이 있다지만, 선택은 마치 게임 같은 것이어서 잘못된 선택이란 없고 잘못된 결과만이 있을 뿐이라고 생각했다. 타이밍은 내가 좋게 만들면 되는 것이었고 망설임에 시간을 보내다가 그르치는 행동은 내 스타일이 아니었다. 난 후회할 일을 애초에 만들지 않기로 했다.

거짓말이었다. 좋은 기회는 항상 주위를 맴돌고 있었고 난 잡아내지 못했다. 오만이 가져온 참사였는지도 모르지만 사실은 잃는 것에 대한 두려움이 존재했고 모든 선택이 망설여졌다. 개인적이고 조그마한 일에는 쿨한 척했지만 막상 중요한 결정, 나를 내세워야 하는 큰 문제에는 쉽사리 결정하지 못했다. 실패하고 싶지 않았고 성공한 결과만이 내 모습이어야 했으며 그런 나만을 보여주고 싶었다. 주위 사람은 물론 나 자신에게조차도.

박성운

그렇게 시간이 흐른 뒤 난 선택을 두려워하는 사람이 되어 있었다. 작은 결정도 딱 얻는 만큼의 무언가를 내게서 빼앗아가는 것 같았고, 난 아무것도 빼앗기고 싶지 않았다.

그런 적이 있다. "너는 누구에게도 창피하지 않을 정도로 열심히 살아본 적이 있어?"라는 질문에 자신 있게 그렇다고 대답할 수 있을 정도로 열과 성의를 다했을 그때. 내게 방구석 작곡가라는 타이틀을 떼어 내 줄, 유명한 가수의 곡을 써달라는 일생일대의 제의가 들어왔고, 그렇게 내민 나의 첫 작품에 감사하게도 회사는 관심을 가져주었다. 내 인생에서 평생 잊을 수 없는 중요한 사건 중 하나다. 나는 더욱 완성도 있는 곡을 만들기 위해 수정 요청에 따라 끊임없이 곡을 다듬었다. 비록 몸은 힘들었지만 마음은 환한 빛이 들어와 나를 감싸는 것 같았다. 그곳은 천국이었다.

행복은 그리 오래 가지 않았다. 이렇다 할 연락을 받지 못한 채 시간이 흘렀고 몇 개월 후, TV에는 내 노래가 아닌 다른 곡으로 컴백한 가수가 그때도, 지금도 인정할 수밖에 없는 엄청난 곡으로 돌아왔고 당연하게도 크게 성공했다.

좌절했다. 확실하게 정해지지 않은 일에 감정이 흔들리지 않게 된 것이 아마 그때부터인 것 같다. 어리고 여린 마음에 새겨진 상처는 아팠고 다시 용기를 가지기까지는 꽤나 많은 시간이 필요했다. 사실 작곡가에게 이런 일들은 빈번하지만, 내게는 첫 경험이었던 이 좌절 아닌 좌절은 나를 작가로서 활동할 수 있게 해준 좋은 밑거름이 되었다.

이후 나는 좋은 가수 분들과의 작업을 이어나갈 수 있었다. 속된 말로 클라이언트에게 보낸 음악이 '까인' 적도 많았지만 개의치 않았다. 마치 심리 게임을 하듯 그들의 생각을 파헤치고 읽어내 원하는 것을 표현해내는 작업은 꽤나 재밌었다. 넉넉하지 못한 가정환경에 인생 역전이라는 허무맹랑한 일은 벌어지지 않았지만, 좋아하는 일을 하면서 인정받고 내 음악을 좋아해주는 사람이 있다는 사실은 내게 큰 힘이 되었고 그 속에서 나는 행복했다.

그렇게 데뷔와 작품 활동을 이어가며 앞으로도 음악을 일로 하면서 살 수 있을 것 같았다. 그러나 시간은 내 편이 아니었다. 경제적으로 힘든 시기가 찾아왔고 나는 버티지 못했다. 그것은 내가 거친 수많은 갈림길 중 가장 황량했다.

몇 달을 고민했다. 안정적이지 않았을 뿐 나에겐 하고 싶은 일이 있었고, 이 위기만 잘 넘긴다면 그럭저럭 살아갈 수 있을 거라고 생각했다. 그러나 무엇을 선택하든 쉬운 결정은 아니었고, 그렇게 어디에도 집중하지 못하고 무엇도 결정하지 못한 채 많은 시간을 허비해버렸다.

그리고 결국 포기했다. 이제와 돌이켜보면 그것이야말로 최악의 선택이고 최악의 타이밍이었다. 난 버텼어야 했고, 내딛지 못한 반대편의 길이 삶의 밑거름이 되게끔 했어야 했고, 그 길을 따라 뻗어 나간 수많은 갈림길 위에서 허우적댔어야 옳았다. 그러지 못했다. 나만 멋지다고 생각했던 신념은 스스로를 무너뜨리는 계기가 되었다. 지금도 그때 만약 내가 다른 길을 선택했다면 어떤 삶을 살았을지 상상해본다. 가지 못한 길이기에 희망적이고 아름다웠을지, 아니면 정말 비교적 비옥한 길이었을지. 어찌됐든 지금과는 다른 모습으로 살지 않았을까 가끔 스스로를 위안하는 나를 본다.

그때는 오로지 내게 닥친 그 상황을 극복하기 위해 일했다. 죽으라는 법은 없었다. 음악이 아닌 다른 일도 즐거웠고, 무엇보다 규칙적인 수입이 주는 안정감은 나를 안주하게 하기에 충분한 매력을 지니고 있었다. 그러고는 내 자리로 돌아오고 싶었다. 사람 마음이란 참 간사한 것이, 여유는 둘째 치고 기본적인 의식주를 누리게 되자마자 내가 있어야 할 자리가 또 탐이 났다. 또 한번 날 불안하게 만들고 싶었다. 내가 있어야 할 곳은 여기가 아니라 컴퓨터와 악기들이 있는 작업실이고, 나는 거기서 음악을 만들며 살아야 하는 사람 같았다. 추억이 되었다고 생각한 그 주변을 다시금 기웃거렸다.

나 아직 여기 있다는, 날 잊지 말아달라는 마음은 경계가 없었다. 다시 음악을 직업으로 삼기 위해 모든 것을 뒤로한 채 다시 시작했다. 지금이 할 수 있는 최적기이며 지금이 아니면 다시 시작할 수 없을 것 같다는 생각 때문이었다.

*

그렇게 내 자리로 돌아온 나는 현재를 살고 있다. 순간순간 망설이지 않고, 주어진 길을 묵묵히 걸어가는 것에 포커스를 맞추어 살아가고 있다. 살다 보면 공기처럼 내 주위를 떠도는 기회들이 보일 것이고, 보이는 그것을 잡으면 될 것이다. 어렵게 생각하면 어렵고 쉽게 생각하면 쉬운 것이 삶이라고 하던데, 과거의 나는 어려운 퍼즐을 풀기 위해 노력했기에 앞으로는 쉽게 생각하는 연습을 해보려 한다.

삶이란 항상 선택의 기로 위에 놓여 있다지만, 경험했기에 과감할 수 있고 선택지가 없기에 나아갈 수 있는 때가 있다. 나는 이제 나를 더 선택하지 않기로 했다. 내 삶의 어떤 선택이 가장 적절한 것이었는지는 미래에서 돌아본 나의 역사가 판단할 것이다. 그러니 그 사실에 대해 후회하지 않으면 되고, 애초에 후회할 일을 만들지 않으면 된다. 그처럼 삶의 어느 한순간과 선택이 타이밍인 것이 아니라, 인생 전체가 곧 타이밍이다.

나는 느린 편이다. 느린 건 잘못된 것이 아니다. 그것을 인정하기까지 꽤 오랜 시간이 걸렸다. 애매한 내 나이는 말 그대로 애매할 뿐 그것이 곧 잘못된 나이라는 뜻은 아니다. 지금까지 축적되어 온 것들은 비록 보잘것없을지라도, 그것을 통해 앞으로 있을 실수들을 조금은 줄일 수 있을 것이다.

박성운

좋은 타이밍이 오기를 기다리는 것은 내 선택에 뒤따를 후회를 위한 보험인지도 모른다. 지나온 시간이 나에게 가르쳐준 것들 가운데 난 선택하지 않는 것을 선택했다. 세상엔 느린 음악도 존재하기에 나는 스스로 느린 음악이기를, 그리고 그런 나 스스로를 포기하지 않는 것을 선택했다.

오선지 위 음표와 쉼표가 뒤엉켜 있다. 그것들은 나를 이리저리 변화시켜 가장 아름다운 연주가 될 수 있게 진동할 것이다. 가끔은 피아노로, 포르테로, 음의 공백이 들려주는 소리를 통해 미완성의 나는 완성될 것이다. 이제 내가 큰 소리로 울려야 할 타이밍이고 곧 아름다운 음악이 완성될 것이다. 나는 남들보다는 조금 느리지만, 아직은, 괜찮다.

싸이져(박성운)
'밴드 로켓스피릿', '밴드 나폴레옹 다이나마이트', '더라즈(The Lads)' 등의 인디 뮤지션 활동과 〈달빛바다〉, 〈새들처럼〉 등의 대중가요 작·편곡/작사 활동을 하고 있으며 〈미스 몬테크리스토〉, 〈육룡이 나르샤〉, 〈강철반〉 등의 드라마 음악, 〈기우제〉, 〈주유소 습격사건 2〉와 같은 영화의 영상음악 제작에도 참여하고 있다.

아직은, 괜찮다

박은정 ✳ 시인

나의 이상하고 아름다운 사전

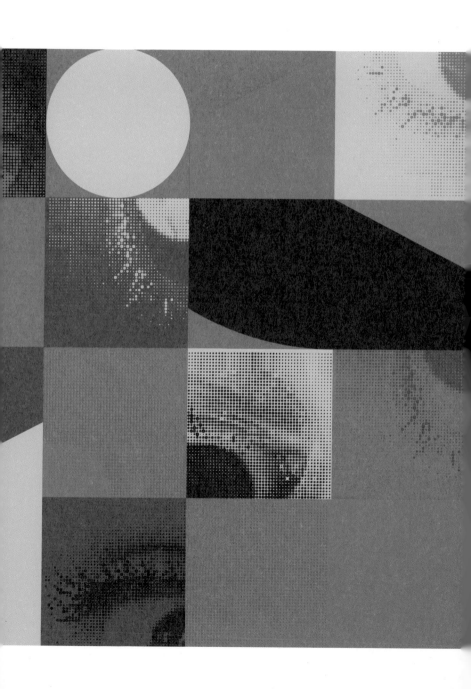

흔히 말하는 타이밍이라는 말은 시간과 행동이 맞아떨어지는 순간을 말한다. 이는 우리가 매순간 시간의 흐름에 들어 있음을 의미하고, 그 행동의 자장에 영향받을 수밖에 없음을 의미한다. 그런데 그 시간에 맞아떨어지는 행동이란 어떤 것일까. 정답이 있기나 할까. 있다면 누가 정하는 걸까. 왜 우리는 살아가면서 적당한 타이밍에 옳은 결정을 해야 하며 그것이 타이밍을 빗나갈 경우에는 후회하고 자책하게 될까. 매번 우물쭈물하고 우왕좌왕하기 일쑤인 나는 이 단어를 맞닥뜨리면 더 그렇게 된다. 그러다 될 대로 되라는 심정으로 문을 박차고 나가버리곤 한다. 이런 결정을 안 하고 살면 안 될까? 이런 결정을 잘해야만 성공한 인생일까? 사는 게 매순간 결정의 연속이지만, 내 자신이 무언가 거대한 타이밍 안에 있다고 생각하면 숨 막히는 기분이 들고 만다. 그렇다. 나는 타이밍을 자주 놓치며 살아왔고, 그럴 때마다 뒤돌아보며 씁쓸함을 담아두는 사람이었다.

박은정

인생은 상(像)이 흔들린 사진의 연속처럼 보인다. 나는 저 장면에 있지만 이 장면에 있기도 하다. 장면과 장면 사이마다 어떤 행동을 해야 될 때가 온다. 아주 사소한 기분부터 인생의 큰 방향을 결정짓는 일이 되기도 하니, 한시도 이 결정의 순간에서 자유로울 수 없다. 순간의 결정에 따라 후회와 낙담의 시간을 지나는가 하면, 인연의 시발점이 되거나 인생의 방향을 결정하는 중요한 기로가 되기도 한다. 지금 내 머릿속에서는 선택지가 가득하다. 수많은 선택지 중 한 장을 들고서 어떤 타이밍에 던질 것인가를 생각한다. 그것은 밤새 담배꽁초를 꼬나물고 한쪽 눈으로 화투 패를 노려보는 도박꾼의 피곤하고 아찔한 장면을 떠올리게 한다. 평생 적당한 타이밍을 찾다 죽게 된 이가 묘비명에 "우물쭈물하다가 이럴 줄 알았지."라는 문장을 쓰는 심정도 알 것 같다. 그럼에도 한 사람이 어떤 순간에 맞아떨어지는 행동을 하면 보는 이에게도 쾌감이 찾아온다. 복싱 경기에서 선수가 최적의 타이밍에 상대의 옆구리를 가격하는 장면이나 영화 속에서 중요한 시점에 타살의 증거를 발견한 형사의 눈빛이나, 당신과 내가 같은 시간에 그 공간에 있었다는 인연의 타이밍까지, 그 외에도 수많은 타이밍들이 우리를 스쳐 지나간다. 이런 결정적인 신의 한 수를 얻지 못해도 일상은 다시 시작되고 반복된다. 인생의 변수들이 출몰하고 사라지는 순간을 일일이 신경 쓴다면 아마 신경쇠약에 걸려 제대로 살지 못할 것이다. 보르헤 루이스 보르헤스의 단편「기억의 천재 푸네스」에 나오는 푸네스처럼 말이다. (불쌍한 푸네스에게 명복을⋯) 그러니 우리는 적당히 기억하고 적당히 잊을 일이다. 사람에게 기억과 망각은 서로 교차하며 존재하고 그 존재 속에서 새로운 시간을 살아갈 상상력을 가지게 된다고 하지 않는가. 그런 핑계 아래 적당히 놓치고 적당히 몰두하는 삶이야말로 건강한 삶을 살아가는 방법이 아닐까.

이실직고하면, 이 글을 쓰려고 카페에 들어와 있는 지금에도 나는 촉수를 세우고 있다. 혹시 이 장면들이, 지나고 나면 놓쳐버린 문장이 되지 않을까 하는 조바심으로 창밖을 바라보고 앉아 있는 사람들을 돌아보고, 내 주위의 것들에 눈길을 두는 것. 나는 카페 창문을 보고 있다. 이 카페의 테라스에는 야외 테이블이 몇 놓여 있고, 주위에는 장미 넝쿨이 벽들을 가득 휘감고 있다. 저 장미들의 피곤한 밤과 사색의 새벽을 생각한다. 낮과 밤을 지나고, 새벽이슬을 머금은 이파리들이 방향을 모색하며 기웃거리는 것이나, 테라스에 앉은 사람들이 핸드폰을 누르는 손짓과 고개를 돌려 대로의 사람들을 구경하는 모습 같은 것들을 본다. 장미 넝쿨이 바람을 따라 흔들린다. 누군가는 넝쿨을 보며 어떤 결정적인 생각을 하게 될 수도 있고 테라스에 앉은 사람이 문자메시지를 보낼 때, 그것은 의도치 않게 그에게 중요한 인생의 순간으로 남을 수도 있다. 그러고 보면 세상에는 얼마나 많은 타이밍의 순간들이 존재하는가. 그 순간들을 자신의 인생 안으로 끌어들이는 것은 부유하는 시간 속에서 어떤 결정적인 행동에 의해서다. 내 속의 수많은 생각들 중 하나가 지금 이 시각 장미 넝쿨을 끌어들여, 지난 시절의 장면들을 소환해 내는 것을 보면, 인생이라는 이 거대한 자장 안에서 나는 얼마나 눈앞의 것들만 보며 그것이 정답이라도 되는 것인 양 우쭐대곤 했는지 깨닫게 된다.

가정법원에서 이혼 최종 판결을 받고 나오는 길이었다. 이제 전 남편이 된 사람과 나는 더 이상 서로에게 얼굴을 붉힐 필요도, 서로를 사랑하지 않는다 해서 상처받을 필요도 없는 관계가 되었다는 '짧고도 단호한' 판결문을 뒤로한 채 태어날 때부터 감정 따위는 없는 사람들처럼 걸었다. 건물 출입문을 열자 계단 양옆으로 붉은 장미들이 가득 피어 있었다. '이곳을 오가는 사람들은 분명 행복하지 않은 사람들일 텐데 이 장미는 좀 뜬금없지 않나.' 생각하다가, '아니지, 행복을 찾으려고 오는 사람들이니 그 사람들에게 잘 맞는 꽃이겠구나.'라는 생각을 하게 되었다. 보기에 따라 이 장미 넝쿨이 어색하고 어여쁘기도 하다는 게 신기했지만. 아무튼 이제 더 이상 부부가 아니라는 사실이 주는 허탈감과 안도감이 동시에 들이닥친 얼굴로 정문까지 함께 걸어가는 길은 무척이나 어색했다. 나는 그보다 걸음을 늦추고 다른 출입구를 찾았다. 그에게 잘 가라는 인사를 했는지는 기억나지 않는다. 쿨하게 보내준다는 듯이 했을 수도 있을 테지만, 지금 내 기억 속에는 그의 느린 걸음만이 오래 남아 있다. 한 시절 열렬히 사랑했던 사람들이 이제는 50미터도 채 되지 않는 출입문을 함께 걸어가기 버거운 사람이 되었다는 사실이 내내 씁쓸했다. 우리가 조금이라도 가까웠을 적에, A 말고 B를 선택했더라면, B를 버려두고 C를 추구했더라면…. 이런 생각들은 결국 그와 내가 얼마나 많은 타이밍 앞에서 주저하고 그것을 놓쳐버렸던가를 생각하게 했지만, 어쩌면 헤어질 타이밍을 잘 잡았기 때문에 우리의 인생이 제2막으로 들어설 수 있었던 것일지도 모른다. 그렇게 보면 타이밍은 각자의 사전 속에서 그들만의 의미를 만드는 것 같다. 타인은 읽어도 이해할 수 없는 암호로 가득한, 나만 알아차릴 수 있는 그런 단어로 만들어진 사전 말이다.

나는 사전의 첫 장에 이런 말을 쓴다. '내가 놓친 모든 순간들에 축복 있으라.' 내가 놓쳐 버린 순간들, 내가 놓아버린 순간들, 하지만 그것은 나의 순간들이다. 당신의 순간이 아닌. 사람들은 흔히 말한다. "아니, 그때에는 이렇게 했어야지." 그런 말을 들을 때 나는 한 귀로 듣고 한 귀로 흘려보낸다. '그건 당신이 생각하는 당신의 타이밍일 뿐이지.' 당신의 머릿속에 정해진 선택지를 내가 선택하지 않았다고 해서 내가 당신보다 못난 사람이 아니며, 당신의 하루와 내 하루가 다르기에 당신의 선택지와 내 선택지가 다른 것은 당연한 것 아닌가. 나 역시도 상대방의 얘길 들을 때 혼자서 어떤 선택지를 손에 쥐고 있다가 나의 선택지를 상대방에게 꺼내놓고 싶을 때가 있다. 하지만 상대방이 의견을 구하지 않으면 쥐었던 선택지를 슬그머니 머릿속에 다시 집어넣는다. 내가 어떤 선택지를 쥐고 있었는지도 잊어버릴 만큼. 당신의 시간과 행동이 어느 순간에 가장 빛날지는 당신이 가장 잘 알 것이기에. 나는 그저 당신의 사전에 어떤 의미를 더하기보다 윤기를 더하고 싶을 뿐이다. 나와 당신

박은정

의 타이밍은 다르다. 당신의 타이밍은 당신의 것이며, 나의 타이밍은 오로지 나의 것이다.

하지만 타이밍이라는 말은 어떤 정답을 요구하는 것 같아 외면하고 싶어질 때가 있다. 사람들이 말하는 옳은 선택과 정답이라는 게 과연 있을까. 더 좋은 선택이 있을 수는 있겠지만, 그것은 개인의 가치관 안에서 좋은 것이 될 수도 덜 좋은 것이 될 수도 있지 않을까. 어떤 결정을 내려야 할 때는 시시때때로 찾아온다. 불판의 삼겹살을 언제 뒤집어야 할지, 모르는 번호의 전화를 받을지 말지, 버스를 탈지 지하철을 탈지를 결정함에 따라 수많은 복병과 기회가 생겨난다. 누군가에게 보잘 것없는 일들이 나에게는 삶의 방향을 바꿔버릴 때가 있듯, 내가 그 순간에 의미를 부여하고자 하면 그것은 내게 타이밍이 될 것이며, 그 타이밍이 내 사전의 한 페이지를 써 나가리라 믿는다.

인생은 참 재미없다. 가끔 그런 생각을 한다. 이 좁은 골목길을 따라 올라가면, 또 그렇고 그런 골목길만 나올 것 같다. 죽은 날벌레로 채워진 가로등, 아무렇게나 내놓은 쓰레기봉투들, 그리고 낡은 간판과 저들끼리 뒤엉긴 전선들까지. 그럼에도 가끔 돌발처럼, 미처 못 본 사각지대처럼, 인생은 우리가 무료해지는 것을 용납할 수 없다는 듯 중요한 결정의 순간을 덥석 안겨준다. 얼떨결에 그걸 받아 안은 사람은 운명의 시험에 들지 않겠다는 듯 도리질하며 등을 돌려 나가버리는 생각을 한다.

하지만 현실은 ○와 ×를 왼쪽과 오른쪽을 청기와 백기를 죽기와 살기를 늘어놓고 내게 하나를 집으라고 한다. 꼭 하나만 집어야 하나요? 운명은 말이 없다. 아예 들을 줄 모르는 사람처럼. 답답하고 불안한 마음에 그 모든 선택지를 흩트리고 싶은 마음이지만 나는 대개 나약했고 겁이 많았으며 사람들의 시선을 신경 쓰는 사람이었으니. 돌이켜보면 남들과 별반 다르지 않은 결정들을 하며 살아왔던 것 같다. 항상 마음을 정하지 못할 때는 눈을 감고 대충 아무거나 선택해버리고, 나머지는 나의 팔자려니 운명이려니 하고 내 결정에 대한 책임을 회피하려고 했던 일들. 결국 인생은 여전히 재미없고 뻔하고 뻔한 삼류 드라마의 한 장면이 되었고, 나는 매번 같은 대사를 반복하는 배우처럼 흥미를 잃었다.

내가 운명을 믿는 것은 겁쟁이이기 때문일 것이다. 소심하고 변덕스러우며 어떤 걸 골라야 할지 몰라 뒷걸음만 치다가 묘비명에 "우물쭈물하다가 이럴 줄 알았지."라는 문장이 딱 어울리는 사람이 나일지도 모른다. 그런데 그러면 좀 어떤가. 조금 모자라고 아니, 많이 모자라고 많이 흔들려도, 나는 아직 살아서 이렇게 글을 쓰고, 배가 고프면 라면을 끓여먹을 수 있지 않은가. 이 작은 순간의 행복에 대해서 음미할 수 있는 사람이면 괜찮지 않을까. 물론 라면 끓이기에도 많은 선택이 존재한다. 끓는 물에 스프를 먼저 넣을 것인가 면을 먼저 넣을 것인가. 계란과 파를 넣을 것인가. 고춧가루를 더 넣을 것인가 말 것인가. 그 작은 선택에 따라 라면의 맛은 확연히 달라지고 먹는 사람의 만족도도 달라

박은정

진다. 나는 스프를 먼저 넣을 것이고, 계란과 파는 넣지 않는 선택을 할 것이다. 라면 본연의 맛이 줄어드니까. 참, 라면을 언제 불 위에서 내리는가도 중요하다. 퍼진 라면은 생각만 해도 우울해지는 일이니까.

모든 순간이 라면 끓이기처럼 명쾌하게 결정된다면 좋으련만. 그런 일은 일부분에 지나지 않는다. 예를 들면 사람의 마음을 얻고 싶을 때처럼 말이다. 한 사람이 마음에 든다. 신경이 자꾸 쓰이기 시작하면 내 감정이 요동치고 있다는 뜻이다. 그럴 때면 며칠 밤을 고민하기 시작한다. 얼른 고백을 할 것인가 말 것인가. 지금껏 수많은 고백을 해오면서 기억 속에서 지우고 싶은 흑역사만 만들지 않았던가. 다시는 먼저 고백하지 않겠다는 마음과 차라리 차일 거면 빨리 차이고 마음을 정리하는 것이 낫다는 선택 중에서, 나는 세상에 없는 변덕쟁이가 되어 술을 마신다. 그렇게 술을 마시고 취기가 오르면 또 세상에 없는 용감한 자가 되어서는 그 사람에게 고백을 하곤 참담한 결과를 안고 잠들곤 한다. 역시 고백은 세상 어떤 일보다 신중할 일이다.

원고를 쓰다가 생각한다. 정말 제3의 선택지는 없었을까. 있었지. 찾아보면 무수히 많았지. 제4, 제5…. 수많은 선택지가 있지만 눈앞에 보이는 것만 보고, 보통은 남들이 하던 방식의 선택을 하게 된다. 남들처럼 살아가려고 남을 따라하고 그 수천만 명의 사람들이 서로를 닮아가려고 발버둥 친다. 이러다 멀지 않은 미래에는 모든 사람들의 몸에 결정 인자가 삽입되어 고민하지 않아도 정해진 정답대로 움직이지 않을까. 눈앞에 사람 형상을 한 AI들이 돌아다닌다는 상상만 해도 입맛이 뚝 떨어질 것 같다. 그 좋아하는 라면 국물에도 왠지 마이크로칩이 들어 있을 것만 같은, 진짜 라면이 아닐 것만 같은 기분이 들잖아. 그들은 배달 앱을 보며 뭘 먹을지 망설이지 않을 것이고, 대학 진학을 어디로 할 건지, 친구와의 갈등을 어떻게 해결해야 할지를 고민하지 않고 입력값에 따라 정확하고 올바르게(?) 움직일 것이다. 그런 세상이 오면 타이밍이라는 단어도 힘을 잃을 테고. 고민하고 방황하고 실망하고 후회하는 영역은 이제 인간의 추억으로만 남을지도 모르겠다. 생각만 해도 암담한 그림이지만, 머지않아 그런 날이 올 것임을 우리는 이미 보고 듣고 있다.

지금 있는 곳이 사막 한가운데라면. 보이는 거라곤 모래 구릉과 말라버린 풀 몇 포기가 전부라면. 어떤 사건도 일어나지 않고 어떤 기대와 실망도 할 수 없는 곳이라면. 그곳은 윈도우 창에 보이는 배경화면일 뿐이다. 배경화면은 정지된 시간이며 정지된 시간 속에서 우리는 죽은 것과 마찬가지이다. 다행히 현실의 내가 있는 곳은 많은 사람들이 오가는 도심 한복판이다. 창밖으로는 우산을 쓰고 걸어가는 사람들이 보인다. 방향을 달리해서 오가는 자동차들이 있고 도로가에는 빗방울을 머금고 있는 꽃과 나무들이 있다. 아침에 개었던 날씨가 변덕을 부려 저녁부터 비가 내리기 시작했다. 나는 창가로 들이치는 빗줄기를 피해 앉는다. 오늘의 날씨를 '고개 숙인 사람들의 젖은 표정들'이라고 쓴다. 그러곤 잠시 머뭇거린다. 빈 페이지마다 모서리를 접고 펴기를 반복한다. 누군가의 이름을 쓰기도 하고, 나의 구겨진 표정을 지우기도 한다. 내일도 나의 사전에는 나만 알아볼 수 있는 문장들이 쓰일 것이다. 누구도 볼 수 없고, 누구도 알아차릴 수 없지만 내게는 값지고 아름다운 타이밍들이 후회와 우물쭈물을 양팔에 끼고 나를 부를 것이다. 우물쭈물해도 좋고, 덜 좋은 선택을 해도 괜찮다. 수많은 선택의 순간이 있다는 것은 아직 삶의 순간들이 살아 있다는 거니까. 밤이 깊었다. 이제 노트북을 끄고 집으로 돌아갈 타이밍이다.

박은정

2011년 등단하여 『아무도 모르게 어른이 되어』, 『밤과 꿈의 뉘앙스』 두 권의 시집을 펴냈다. 낮에는 편집자로 일하고, 밤에는 지루한 영화를 보고 결말 없는 시를 쓰곤 한다.

나의 이상하고 아름다운 사전

추석

©사진 김용일

어쩌든 둥 추석 연휴는 일요일까지 나흘이라 수요일까지 안전하
게 하면 나흘이나 놀 수 있었다. 나흘을 놀 수 있다니 신나고 흥났다.
쉬는 것과 노는 것이 다르다는 걸 나는, 후삼국 때부터 추웅분히 알고
있었다. 외로운 친구들은 사람을 찾아다녔고 고독한 친구들은 사람을
기다리는 듯했다. 울적한 친구들은 약 대신 술을 마셨고 우울한 친구들
은 약을 먹다 술을 마셨다. 이도 저도 아닌 동시에 이도 저도 되는 난,
먼저 사람을 찾았고 찾다 보니 찾아오는 친구들과 단순하고 매끄럽고
속도감 있게 추석 계획을 세웠다. 그런 다음 기다림에 능숙한 이들에게
계획들 있으니 생각 있으면 오라 알려줬다.

김일두

나름의 허술한 고집은 제쳐둘 수 있는

사람을 만나 음악과 술과 얘기를 야금야금 나누다

취해 듀스의 〈여름 안에서〉 비트에 리듬을 타고

서로에게 한 잔 물 챙겨주는 그런 추석

말하지 않아도 묻지 않아도 알아서들

한 잔씩 돌리고 실업의 상태에 있는

친구들에게는 어깨동무와 함께 탭댄스를

조금 일찍 마친 수요일, 집에 도착하니 오후 4시쯤이었다. 오랜만에 목욕탕에 가 뜨거운 물에 몸을 담그고 사우나를 하고 찬물에서 헤엄도 쳤다. 서너 살 된 애를 안고 찬물에 들어온 내 또래의 아버지는 행복해 보였다. 갑자기 애가 소변을 하는데도 당황하지 않고 조심히 나와 처리했다. 인색한 사장 넘에게 받은 추석 떡값은 목욕비로 알맞다. 떡은 사 먹을 수 없을 정도였다. 개운하게 머리털과 몸을 말리고 녹색 액체를 착착 전신에 발라줬더니 거울 속 자신은 잘생겼다. 탈의실 나무 평상에서 담배 하나 피웠더니 어르신들이 눈을 흘겼다. '모르겠다.' 원하는 대로 했고 손톱 발톱이 잘 깎였다. 나무 면봉은 쓰지 않았다.

©김용일

김일두

©김용일

105
추석

7시쯤 모여 그때부터 마시기 시작했다. 배가 고프다는 민상이는 돼지고기를 먹으러 가자 했고 조용한 성무는 술만 있으면 된다는 식이었다. 뽀삐와 삐뽀는 애들이 뭐라 그러나 그랬다. 민세와 무훈 호민이는 이미 멀리멀리 가 있었다. 연주는 10시 이후라 한 시간 정도 남았는데 배가 고프지만 그저 앉아 이 술 저 술 섞어 마시는 재미가 있어 노래를 깔고 떠들었으면 했다. 모두 신과 흥이 넘쳤다. 결국 구운 돼지고기에 소주를 마셨다. 좋았다. 마실수록 취하고 소화가 잘됐다. 떠들고 쏟고 더 모이고 흘리고 까불다 취하고 취한 채로 늦은 밤 공연을 위해 지하 2층의 클럽으로 갔더니 피자의 향기가 모두를 자극했으며 다음은 가득한 사람들이었다. 멀쩡한 놈 얼빠진 놈 멀리 간 놈 덜 간 놈 어딘지도 모르는 놈 알다가도 모를 놈 당최 알 수 없는 놈 등등 빠르고 시끄러운 음악에 약간의 리듬감이라도 있으면 돌아버릴 것 같은 그 밤의 친구들과 함께 추석 연휴 시작의 밤은 짙어졌다. 한국말 잘하는 러시아 친구 유진은 바에 앉아 있었다.

20km 떨어진 나의 집에서 맨체스터 유나이티드를 응원하는 소리에 깼다. 그렇게 취했음에도 무사히 귀가해 잠을 잘 수 있었던 건 민상의 담배와 축구 사랑 때문이었다. 세세하게 말하자면 부모님과 함께 사는 그는 부모님의 집에서는 축구를 보며 담배를 피울 수 없었다. '담배

김일두

를 피우며 축구를 본다는 것' 그러다 콜라 한 모금 마시고 응원하는 게 그의 취미 중 하나였다. 축구를 모르는 내가 반니니 루니니 박지성을 알 정도면 굉장한 전파력이었다. 민상이가 Rock n Roll과 축구 대신 교회를 다녔다면 분명코 전도 특공대나 전도 폭파 팀에 뽑혔을 것이다. 한 날은 야구 좋아하는 민세와 서로 비아냥대는 모습을 보다 화장실에 갔는데 소변 보다 대변까지 봤던 경험이 있었다. 그들의 토론은 배설에 도움이 되었다. "고맙다 짜식들아."

집 근처 수중전골집에서 음식을 사온 민상과 늦은 점심을 먹고 다시 잤다. 잠깐 집에 다녀온 민상의 차를 타고 초저녁 클럽 쪽 단골 술집에 갔더니 축축한 술의 기운과 냄새가 아주 축축했다. 큰 컵에 얼음 물 한 잔 레몬 한 조각 요구했더니 레몬이 없다며 녹색 라임을 넣어줬다. 라임을 한참 보다 라거를 주문했다. 내심 친구들을 기다렸다. 예상대로 새로운 얼굴들과 어제의 멤버들이 현금과 신용카드를 장착하고 나타났다. 신과 홍이 스멀스멀 올라왔다. 노래는 좋았고 질릴 때쯤 다른 결의 술맛 나는 노래들이 나왔다. 멈추지 않았고 멈출 수 없었다. 입으로 무어라 하면 술과 음식, 음악이 전자동처럼 서비스되었고 시간이 흐를수록 친구들은 늘어갔다. 안부를 묻고 장난을 치고, 눈과 뇌는 핑글 돌아 핑클의 〈루비〉를 불렀고 리아의 〈눈물〉을 들었다. 호민이는 침을 흘렸고 무훈은 멀쩡했으며 민세와 민상은 붙어 앉아 또 야구와 축구 얘기를 하며 나무 인테리어를 두리번거렸다. 대부분이 두런두런 얘기를 나누며 뭔가를 씹어 먹으면서도 오가는 이들을 훑고 있었다. 나는 곡선의 바 끄트머리에 앉아 벽에 기대어 오가는 이들뿐 아니라 그들까지 다 관찰했다. 술집 사장과 매니저의 야무진 설거지까지도. 그러다 눈이 마주치면 웃었다. 나눠 먹겠다고 시켜놓은 치킨 윙과 감자튀김 치즈스틱을 성무 혼자 빠르게 많이 먹는 게 못마땅했는지 영재가 "형, 성무 형이 혼자 다 먹어요."라고 하길래 아껴 먹으라고 한마디했다. 성무는 잠깐 멈칫하더니 우리가 한눈 돌린 사이 다 먹어버렸다. 그럴 수 있지만 약이 올라 왜 혼자 다 먹었느냐고 물었더니 배고파서 그런지 오늘 따라 맛있어서 그랬단다. 조금 오래된 기름에 튀긴 튀김이 맛있다는 의견도 들었다. '배고파서 그런지 오늘 따라 맛있어서….' 이 상황을 지켜본 사장과 매니저에게 다시 주문했더니 몇 조각 더 넣어 내어주었다. 자정쯤 됐을까… 여섯 시간을 마셨으니 취할 수밖에… '오늘이 목요일인가… 이제 금요일이 된 건가… 집 가다 올리겠는 걸… 아직까지 토하다니 쪽팔려….' 별별 잡념에 두 시쯤 됐을 때 민상이 차를 타고 여기저기 친구들 집 먼저 들렀다 귀가했다. 다시 맨유 응원 소리에 깼을 때는 금요일 '추석' 정오쯤이었다.

김일두

새끼 고양이 흰둥이는 널브러져 배를 까고 있었고 붕붕이는 찻상 아래 앉아 있었다. '오늘은 쉬어야지 그리고 내일 신나게 놀고 일요일 쉬는 거야 그리고 출근이네? 아… 우울해 우울할 땐 울면인데….' 저녁쯤 가족들과 분리된 민상이 차를 몰고 와 다시 놀러 가자 했다. 오늘은 쉬고 싶다고 어물쩍대니까 드라이브 겸 잠깐 들러나 보자 하길래 그래 그러자 했다. 우리는 도시고속도로를 천천히 달리며 전람회의 〈그대가 너무 많은〉을 따라 불렀다. 그리고 푸른하늘의 〈꿈에서 본 거리〉와 〈마지막 그 아쉬움은 기나긴 시간 속에 묻어둔 채〉도 따라 불렀다. 가끔씩 느껴지고 보이는 민상의 세심함이 좋았다. 든든한 저녁을 먹고 라임 들어간 한 잔 물, 커피 한 잔을 마시고 밤 10시쯤 귀가했다. 집에 갔다가 내일 올 테니 놀자는 민상은 부지런하고 체력이 좋았다. 자동차 공장 정규직이었고 우리 중 손꼽히는 고소득자이기도 했다. 그러나 허리에 병이 나 퇴사를 고민하고 있었다. 추석의 삼층집 밤은 밝았다. 온 감정이 신과 흥처럼 올라오는 아름다운 밤…. 울적하지만 뭔가 신나는 일이 생길 것 같은 그런 밤, 그런 밤의 길은 고요했다. 은행나무들은 씩씩했고 자동차도 잘 보이지 않는 6차선 도로변 삼층집에서 새끼 고양이 둘과 나는 노부모에게 불효하고 피가 꼭 같은 세상 하나뿐인 누이에게도 연락하지 않았다. 잘못 배운 게다. 생각나 생각하지만 연락하는 것은 Rock n Roll 정신이 아니라고… 잘못 배운 게다. 무식해도 너무 무식했다.

©김용일

김일두

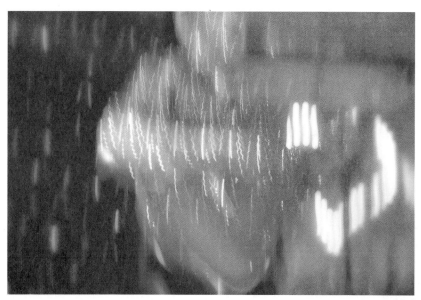

©김용일

111

추석

김일두

©김용일

113

추석

울적해 혹독한 밤을 꼬박 새고 동틀 때 잤는데 추석 음식을 싸 들고 민상이 와 깼다. 축구를 보며 담배를 피우고 욕을 하다 콜라를 마시는 모습이 부러웠다. 놀고 싶지도 쉬고 싶지도 않았다. 무얼 어떻게 해야 할지 몰라 가만히 누워 있었다. 그저 가만히 누워 있고 싶을 뿐이었다. "형 저녁에 성무 학교 후배들이랑 술 먹고 논다는데 가실래요?" "아니 난 오늘 집에 있고 싶은데…." 나는 초대 받지 않은 사람이라 부담스럽기도 했다. 잘 모르는 사람들이 섞여 있는 자리에 이런 기분으로 함께한다면 예상할 수 없는 일들이 벌어질 것 같았다. 갑시다. 안 갈래. 잠깐 다녀옵시다. 아니 오늘은 너 혼자 가…. 결국 녀석의 고집에 그 판에 갔더니 초저녁인데 이미 많이 취해 있었다. 모두. 성무 민세 레너드 그리고 성무 학교 Rock n Roll 동아리와 학과 후배들 넷이 있었다. 그러고 보니 민상이까지 인원수를 맞춰 뜻 있는 자리를 만든 것이었다. 마주 앉은 사람이 눈물을 흐리고 있었다. 왼손목에는 가죽 아날로그시계를 차고 있었는데 초침이 정상적으로 움직이고 있었다. 말없이 한참을 있다 보니 누구냐 묻길래 누구다 답했다. 왜 우냐고 물으니 술 마시면 운다고 답했다. 울면서 해장을 하는 듯했다. 독이 빠지면 건강해지니까 눈물이 고여 흐르지 않으면 독물이 되어 독기가 생기니까 흐르는 순간부터는 회복이 되기도 하니까… 먹다 남은 음식들을 뒤로하고 노래가 잘 들리는 곳으로 자리를 옮긴 우리는… '우리는?' 더 많은 상황에서 시간을 나눴고 자연스럽게 울던 사람 앞에 앉은 난, 말을 걸었다. 전화번호는 묻지 않았다.

김일두

집에 돌아와서도 울던 사람을 한참 생각했다. 일요일에도… 오랜만에 출근한 월요일에도… 민상이가 강력하게 가자고 하지 않았다면…? 성무가 자리를 만들지 않았다면…? 아마도, 아니 분명 못 만났겠지? 그 사람 생각에서 벗어날 수 없는 지경이었다. 경지까지 갔을까… 레너드에게 물었다. 그 사람의 전화번호를 아느냐고. 그에게서 받은 번호로 메시지를 남겼다. 누구며 번호는 레너드에게서 받았다. 시간 된다면 주말에 저녁이나 먹자고…. 일요일 늦은 오후에 만나 곱창집에 갔다. 다음은 어디로 갈까 하다 우연하게 친한 사진가를 몇 년 만에 만나 그와 함께 조롱박과 조화가 가득한 축축한 지하 막걸리 가게로 갔는데 기본 찬으로 나온 건빵도 축축했다. 사진가에게 안부를 묻고 상황에 대해 설명을 하니 자리를 옮기자 했다. 첫 만남의 기억에 축축한 건빵은 실례라며 큰 잔에 밀맥주를 가득 담아주는 밝은 1층 가게로 갔다. 네팔과 인도를 다니다 오랜만에 귀국한 그는 건강하고 신나 보였다. 상큼하고 시원해 훨씬 좋았고, 취기가 짙어질수록 그 아이의 눈은 촉촉해졌다. 이쁘고 착했다. 그랬다. 이쁘고 착했다.

'2010년의 추석은 우리 인생에'

김일두

중2 때 교회 형들에게 기타 코드를 배우고 중3 때 학교 방송에 나가 친구랑 듀엣으로 신성우의 〈꿈이라는 건〉을 연주하고 노래했습니다. 한샘 자습서로 국어 공부를 보충했고 문예반 활동을 통해 글짓기를 시작했습니다. 스무 살 때 음악의 꿈을 가졌고 어쩌다 보니 여기까지 왔습니다. 현재는 아침에 일어나 한 잔 물을 마시고 세면 후 오전에 동사무소 세탁소 세무서 이비인후과 등등 오후에 내과 치과 세무서 피부과 등등 저녁에는 거리 마트 시장 항구 등등을 다니며 삶과 세계를 경험하고 있습니다. 안녕하세요. 반갑습니다. ^^

황예지 ✳ 사진가

나의 미확인 동물

양치를 하는 건 내 몸을 지키는 것보다는 남의 후각을 위해서 하는 일이에요. 어젯밤 악몽을 치우지 못하는 것처럼 내가 과거의 악취를 품고 있을까 봐요. 어제는 채소를 먹어서 덜하지만, 동물의 사체를 먹고 잔 날에는 입 언저리에서 지독한 냄새가 납니다. 인간의 몸은 살생 기록부 그 자체이죠. 내 몸에 쌓인 수천 개의 사체는 세포로 흩어졌다가 재조립되어 미확인 동물로 성장합니다. 내 안에 있는 미확인 동물은 찢어진 설표와 독수리가 바느질로 엮여 있어요. 울음소리는 어딘가 엉성한 면이 있고 팔자로 걷습니다. 때로는 추락할 것처럼 날기도 하고요. 이 동물은 감정과 기운을 먹이로 삼습니다. 또, 나에게 불온한 감정을 주고 나의 영혼을 좀먹기도 하고요. 이 동물들을 우리에 가두고 숨기는 건 사회적 합의 같은 것이겠지요. (대체로 실패하는 것 같기도 합니다.) 이들을 풀어놓고 길들여야 합니다.

황예지

내가 이 동물을 처음 만난 것은 가소로운 크기의 손으로 동화책을 덮은 밤이었어요. 적막이 찾아왔고 나는 이불 안으로 내 몸을 황급히 숨겼습니다. 이불 한 폭이 결계가 되어 나를 지켜줄 것이라고 믿었고요. 번개가 내리쳤고 적막이 모든 것을 터트릴 기세로 내 방을 헤집고 다녔습니다. 적막은 아빠의 미확인 동물이 내뿜는 기술이었지요. 연구하니 미확인 동물은 미확인 동물끼리만 가시적 발견을 할 수 있다고 하더이다. 나의 미확인 동물이 입속에서 튀어나와 적막을 꿀꺽 삼켰습니다. 그의 움직임이 선명하게 생각납니다. 분명 그놈도 그때의 나처럼 작고 서툴렀습니다. 적막을 먹고 몸집이 부푸는데 울 것 같은 표정이었지요. 다시 내 몸으로 들어갈 때도 꼬리를 넣는 것에 계속 실패했고 뒤뚱거렸어요. 꿈에서 만나는 산신 할아버지가 벗이라고 점지한 것이 얘였구나, 단번에 알아챘습니다. 다음번 꿈에서 산신이 얘의 이름을 지어주었습니다. 견줄 비(比) 두 번을 괴황지에 크게 적어 내게 주었지요. 비비. 제법 귀여운 이름이라고 생각했습니다. 춘자, 달심 같은 이름이었다면 나는 영영 얘의 이름을 부르지 않았을지도 모르지요.

황예지

비비!

비비는 자기 이름을 인식할 때까지 시간이 걸렸고 나는 나의 비비를 언제, 어떻게 소환해야 할지 잘 몰랐습니다. 가족들과 식탁에 둘러앉은 어느 날이었습니다. 저녁을 먹는데 콩을 삼키기 싫더군요. 아빠가 안방에 들어가기를 기다렸다가 나는 내 입에서 으깨진 콩을 컵에 뱉었어요. 콩의 잔해를 발견한 아빠는 컵에 생수를 따라 내게 마시라고 했습니다. 그 뒤로 음식을 가리지 않습니다. 강압성이 나를 유순하게 만들 때가 있더군요. 나는 비비 생각을 했습니다. 비비는 뭐랄까요, 나 같았어요. 내가 편식을 하듯 비비도 편식했습니다. 행복은 내가 모르는 사이에 퉤, 뱉었고 무기력과 우울은 게걸스럽게 먹었지요. 나도 어쩌면 비비를 기르기 위해 더 첨예하게 우울을 느꼈는지도 모르지요. 나의 엄마는 비비에게 참 좋은 농부이자 요리사였습니다. 내가 엄마와 시간을 보낼 때마다 비비는 속이 부대낄 때까지 감정을 먹고 배를 땅땅 두드렸어요.

나의 미확인 동물

엄마는 기질적으로 이타심이 결여되고 비련을 멋지게 두르는 여성이었어요. 나는 엄마의 화장이 인상적이어요. 슬플수록 탁해지고 진해지는 립스틱 색깔을 보며 마녀의 취향이 저랬을까 상상하기도 했지요. 어서 내 나이를 건너뛰고 저런 엄마가, 마녀가 되고 싶었습니다. 악력이 센. 거슬리는 것들에 저주를 내리고 나만 우뚝 서 있고 싶었어요. 화장을 지운 엄마는 침대에서 무기력을, 미운 마음을 내게 쏟아냈습니다. 나는 침대가 섬처럼 느껴졌어요. 그 누구도 다리를 건설해주지 않았고 비처럼 원망의 말이 내 위로 후드득 떨어졌지요. 비비는 기분 좋게 구르며 그것을 신나게 받아먹었어요. 매일이 만찬이었지요. 나는 폭발적으로 무게가 늘어나는 비비에게 짓눌렸습니다. 신음을 내도 비비에게 그 소리는 자장가였지요.

나를 체벌한 피아노 선생의 신발을 화장실 쓰레기통에 내던진 날이 있었습니다. 가족을 벗어나 더 큰 울타리에서 부정적인 마음을 느끼자 비비는 콧구멍을 벌렁거리며 날뛰었습니다. 나는 광분한 비비를 놓아주었습니다. 놓쳤다는 말이 맞을지도 모르겠습니다. 내부에서 진동이 일기 시작했습니다. 비비의 커다란 동작과 함께 나는 모난 행동을 하기 시작합니다. 몇몇 개가 인상적인데, 도벽이 있었네요. 지금 돌이켜 생각해보면 가난을 보복하고 싶었던 것도 아니고 무언가가 치열하게 갖고 싶었던 것도 아닙니다. 사람들이 안 된다고 말하는 일을 신체로 수행하는 것, 카타르시스가 필요했던 것이지요. 사물함에 들어 있는 다이어리, 실내화 주머니와 몇 백 원, 슈퍼에 진열된 귤과 과자. 어린 나이에 어떻게 그렇게 뻔뻔하고 영악했는지. 도둑질을 걸리지 않았어요. 지금은 통제의 언어를 배워서 죄스럽다는 것을 알지만, 그때는 죄의식이란 것이 없었습니다. 사실 잘 모르겠어요. 어떤 물건을 보면 몸이 달아오릅니다. 어떻게 하면 저것을 계산하지 않고 내 호주머니에 넣을 수 있는지 전략을 짜죠. 감시카메라의 사각지대와 내 옷의 소매를 번갈아 보면서요. 어설프게 갖고 싶은 것이 저렴한 가격일 때 그래요. 지불하기 싫거든요.

나의 미학인 동물

©황예지

알게 되었습니다. 비비의 기술은 무감함이자 허무함이라는 것을. 이것을 아주 성실하게 연마하고 있다는 사실을요. 남에게 저주를 퍼붓고 공격적인 사람이 되어도 별로 미안하지 않았습니다. 망가지는 모습에도 딱히 감흥이 없었습니다. 해가 지는 것처럼, 꽃이 지는 것처럼 저 얼굴이 지나 보다, 했을 뿐이지요. 시시해. 남들이 말하는 일탈과 가학성은 내게 그렇게 중독적이지 않았습니다. 나도, 비비도 곧바로 시시함을 느꼈습니다. 비비는 나른한 표정으로 내 수정체를 만지면서 필요한 이미지를 골라냈습니다. 슬라이드 필름 영사기를 생각하면 상상이 쉬울 거예요. 텔레비전 만화 속 마법진 그리는 장면이 덜거덕, 소리 내며 잡혔습니다. 비비는 그 이미지를 따라 허공에 마법진을 그렸습니다. 거절당한 자화상, 엄마의 뒷모습, 아빠의 비서, 나를 만진 늙은 남자를 차례로 소환하며 웃었습니다. 너무 좋아서 발이 부르르 떨리는 것이 보였어요. 어처구니가 없기도 하더군요. 그런데 나는 비비가 귀여웠어요. 비비가 마지막으로 부른 것은 죽음이었습니다. 나는 죽음이 무척 무섭게 생겼을 줄 알았는데 아니더이다. 뭐 보는 이에 따라 형상이 바뀐다고 하던데 호방한 노파 같기도 하고. 그이는 떠난 뒤에는 잔상만 남기는 편이라 뭐라 묘사는 못하겠습니다. 비비는 그 뒤로 죽음을 자주 소환했어요. 자학이 우리에게 가장 좋은 놀이가 된 것이죠. 내가 여태 살아 있는 게 조금 웃기지요? 하하. 지금은 죽음이랑 정다운 티타임을 가졌다고 생각합니다. 너무 많이 우려서 맛이 없는 홍차였지요. 역시나 맛없는 건 별로예요. 못생긴 남자만큼 쓸데가 없어요.

황예지

비비는 제가 죽음과 포옹하면 자신이 더 나은 세상으로 갈 것이라고 믿었어요. 내 육체에서 해방되어 다른 육체로 넘어가거나 우리가 같이 사후 세계에 도달할 것이라고 믿었죠. 투명한 눈망울로, 부드러운 털을 비비적거리며 내게 매일 죽으라고 했어요. 내가 죽으려고 할 때마다 비비가 아닌 누군가 내 이름을 불렀어요. 또, 증오하는 얼굴이 생각났습니다. 죽이고 싶은 얼굴이요. 장미 덩굴에 처박아버리고 싶은 얼굴. 그게 사랑이었다는 사실을 이제는 알지요. 죽을 때가 다 되어서요. 열여덟에 죽어야겠어, 서른에 죽어야겠어. 내 엄마, 아빠가 죽어버리면 떠나겠어. 죽여버리겠어. 다짐만 하다가 내가 죽음과 동년배가 되어갑니다.

비비는 제게 화를 내다가 지루함에 지쳐버렸어요. 의도치 않게 소원함이 길들이는 데에 한몫해버린 거죠. 나를 마치 거울 같은 연인이라고 생각했는데 권태가 왔고. 결국엔 아니었던 거죠. 그러면서 비비는 잠과 친해졌어요. 집고양이처럼 하루에 열여섯 시간에서 스무 시간은 자는 것 같아요. 꿈도 꾸는 것 같고요. 티는 안 내는데 내 육신이 자고 있을 때 먼 곳에 가서 누군가를 만나고 오는 것 같아요. 얘도 이제 누군가를 방문하고 위로할 줄 아는 동물이 되었어요. 방에서 가끔 낯선 육지와 바다의 냄새가 나요.

나의 미확인 동물

128

황예지

황예지

사진가. 1993년 서울에서 태어났다. 수집과 기록을 좋아하는 부모님 밑에서 자랐고 그들의 습관 덕분에 자연스럽게 사진을 시작했다. 개인의 역사에 큰 울림을 느끼며, 가족사진과 초상사진을 중심으로 작업을 이어나가고 있다. 사진집 『Mixer Bowl』과 『절기Season』를 출간하고 개인전 〈마고Mago〉를 열었다.

나의 미확인 동물

김건영 ✳ 시인

연애를 대국적으로 하십시오?

젊은 날을 돌이켜보면 성공보다는 후회의 기억이 더 많이 남는 것 같다. 삶에서 우리는 많은 선택을 한다. 수많은 선택 중에서 가장 기묘한 성적표를 받아볼 수 있는 방면이 바로 연애에 관한 문제가 아닐까한다. 같은 말을 하더라도 언제 어떻게 했느냐에 따라 결과가 달라졌을지도 모른다는 생각을 모두 할 것이다. 언젠가 어떤 인터넷 방송인이 자신의 연애관에 대해 이야기하던 것을 우연히 들은 기억이 있다. "저는 고기를 못 굽는 사람이랑은 연애하기 싫어요. 고기는 불과 타이밍만 있으면 되는데 그걸 못하는 건 섬세하지 못한 거죠. 그런 사람은 연애를하면 손은 언제 잡고 뽀뽀는 언제 할지 그런 타이밍을 어떻게 할지도 모를 사람 아닌가요?" 정도의 내용이었던 것 같다. 듣고 보니 그럴싸하다는 생각을 했다. 같은 사람이지만 어느 순간 별것도 아닌 것에 멋져 보이기도 하고 아무것도 아닌 일에 실망하게 되는 이상한 감각이 우리를 사로잡는다. 일상을 뒤흔드는 그 순간 작은 균열에서는 이상하고 아름다운 향기가 난다. 사람을 사랑하는 일은 그곳에서 자꾸 멈추고 고장나는 일이다. 그 고장 때문에 적절한 순간을 알지 못하는 일이다.

그러니까 내가 J를 처음 만난 것은 문학창작지원 공간에서였다. 나는 비정규 계약직으로 시설관리 관련 일을 하고 있었고, J는 낭독회 연출 팀의 스태프였다. 작은 야외무대에서 문학작품과 다른 예술 장르를 결합한 낭독회를 준비 중이었다. 단 하루뿐인 공연이었지만 준비할 것이 많았고, 시설 관련 일을 맡고 있는 나는 연출 팀과 소통이 잦았다. 그중 동갑내기였던 J는 무척 쾌활하고 매력적인 사람이었다. 며칠 동안 집중적인 연습과 준비 끝에 행사가 끝난 자리에서 우리는 무척 신나게 이야기를 나누었다. 행사 관계자들과 단골 술집에서 말 그대로 셔터를 내린 후 새벽까지 술을 마시고 춤을 추고 놀았다. 우리는 말도 잘 통하고 동갑내기니까 앞으로도 자주 만나서 놀자며, J는 갑자기 내게 연락처를 알려 달라고 했다. 아침이 다가오고 있었다. 나는 당시에 나온 지 얼마 안 된 아이폰 3GS를 쓰고 있었는데, 쓰는 사람이 별로 없어서 충전기를 챙겨 다니지 않으면 충전을 할 방법이 없었다. J의 핸드폰에 내 번호를 입력하고 다음에 연락하기로 하고는 이른 아침에 술자리를 마쳤다.

J는 그 이후 연락을 하지 않았다. 나는 번호를 받지 않았기 때문에 기다릴 수밖에 없었다. 물론 공연연출 팀의 담당자 연락처를 가지고 있었기 때문에 연락처를 알아낼 방법은 있었지만, 그때는 그렇게 해서는 안 될 것 같았다. 왜 하필 아이폰으로 바꾼 지 얼마 되지 않은 때에, 그리고 나는 왜 미리 충전을 해놓지 않았던가를 후회하면서 그저 기다릴 뿐이었다. 사실 J가 연락하겠다는 것의 의미가 명확하지 않았다. 나는 이성적으로 호감이 있었지만 J의 마음은 모르는 일이었다. 그래서 체념

김건영

한 이후 잊고 지낼 수밖에 없었다.

몇 달 후 같은 공연 팀과 다시 공연을 준비하게 되었다. J는 이번에도 연출 팀에 합류했다. 그간 왜 연락을 하지 않았느냐고 내가 묻자, J는 내가 알려준 번호가 없는 번호였다는 이야기를 했다. 아마도 취한 정신에 번호를 잘못 적어준 모양이었다. 우리는 맨정신에 다시 번호를 교환했다. 가끔 연락하며 만나서 놀자고 약속을 했고, 실제로 몇 번쯤 만나 재미있게 놀았다. J는 연락이 없던 그사이에 애인이 생겼다는 사실을 나에게 전했다. 내색하지는 않았지만 꽤 충격적이었다. 그때 어떻게든 연락처를 물어 연락을 해봐야 했어, 라며 후회했지만 이미 늦은 일이었다. 이런 타이밍이라니, 조금 더 용기를 내거나 뻔뻔하게 굴었어야 했나. 나는 J에게 묻고 싶었다. 만약 우리가 연락을 일찍 했더라면 달라졌을까? 하지만 물어볼 수 없었다. J를 만나는 일은 즐거웠고, 그런 관계가 깨지는 것이 두려웠기 때문이다. 아무 시도도 못 해보고 실연을 당한 셈이었다. 거기다 사실 J는 내게 이성적으로 호감이 있는지도 모르는 일이었다. 내가 망설였던 이유가 거기에 있었다. 어쨌거나 J는 좋은 친구였다. 취향도 비슷하고 말도 잘 통했기 때문에 가끔 만나 영화를 보기도 했고 서점에 놀러 가기도 했다. 좋아하는 책을 서로에게 선물하기도 했고 좋아하는 작가에 대해 이야기를 나누면서 우리는 꽤나 친밀한 관계를 유지했다. 끊임없이 그때 왜 연락을 하지 않았는가를 후회하면서 이성적 호감을 표현하지 않으려 노력하면서 말이다.

나의 내면 상황과는 반대로 J와는 그 시절 유쾌하고 이상한 일들이 많았다. 번호를 잘못 안 것으로부터 해서 우리는 서로를 잘 모르는

133

상황이었다. 어느 날은 J와 내가 만나서 낮술을 하려던 중에, 근처에 있다는 대학 동기가 소고기를 사준다는 말에 우리는 마장동에 같이 가게 되었다. 정육식당에 앉아 대학 동기들에게 J를 소개했다. 이름을 말하자, J는 당황했다. 나 김씨 아니야 정씨야. 그래? 난 왜 김씨로 알고 있었지? 미안해. 나는 휴대전화에 저장된 이름을 수정했다. 다른 대학 동기들이 웃으며 "김건영 너는 친구 이름도 모르니?" 하며 나를 타박했고 다시 J의 표정에는 당황이 어렸다. "너 정씨 아니었어?" J는 내가 성을 잘못 알고 있는 것처럼 정확하게 잘못 알고 있었다. 그것도 자신의 성을 상대방의 성으로 생각하면서 말이다. J도 연락처를 수정했고, 우리는 낮술에 거나하게 취했다. 이거 홍상수 영화 장면 같은데?라는 말을 하며, 그래 그러고 보니 우리 홍상수 감독 새 영화 나오면 같이 극장에 가자. 그래, 그러자. 대화를 나누는 우리를 보며 대학 동기들은 다시 물었다. 너희는 서로 이름도 제대로 모르는데 정말 친구 맞니? 결과적으로 우리는 홍상수 영화를 같이 보러 가지 못했다.

자주 만나 놀면서 J와 나는 가끔 말다툼을 하게 됐다. 당연한 일이었다. 한쪽은 친구라고 생각했지만 다른 한쪽은 마음을 다스릴 수 없는 상황이었다. 가까워질수록 마음이 커졌고, 감당이 안 되는 상황에 이르렀다. 그 상황을 못 견딘 내가 주로 심통을 부리곤 했다. 생각해보니 J의 애인에게도 이건 못할 짓이다 싶었다. 만약 내가 J의 애인이라면 무척이나 싫을 것 같았다. 애인 주변에서 얼쩡거리며 호시탐탐 기회를 노리는 존재가 기꺼울 리가 없다. 나는 이런 지경에 처한 스스로가 싫었다. 고민 끝에 J에게 이제 연락을 하지 말자고 이야기했다. 술을 마시며 한참이나 말다툼을 했고, 나는 J가 화장실에 간 사이에 J의 휴대전화에서 내 연락처를 지웠다. 그리고 내 휴대전화에서도 J의 연락처를 지웠다. 안녕, 건강히 잘 살고. J에게는 뜬금없이 좋은 친구를 잃는 일이었지만, 나는 어쩌면 구차하고 도덕적으로 지탄받을지도 모를 남의 애인을 탐하는 자가 될지도 모를 상황을 피하는 길이었다. 연락이 오기만을 멍청히 기다리다가 대시를 해볼 기회조차 놓친 상황을 정리하는 일이기도 했다.

그 후로 몇 년간 나는 J를 잊도록 노력했고, 실제로 거의 잊었다. 몇 번의 연애를 했고, 좋은 사람을 만나면 내가 나쁜 사람이 되었다. 내가 좋은 사람이 되려고 노력하면 상대방이 무서운 괴물이 되는 경우를 겪기도 했다. 실수를 자주 했고, 아주 가끔 실수를 통해서 교훈을 얻었지만 같은 잘못을 반복하곤 했다. 대체 타이밍이란 뭘까? 사람 마음이란 어째서 이다지도 어려운가? 단 한순간의 실수로 분위기가 바뀌어버리는 상대와의 어려운 관계 앞에서 정확한 타이밍을 잡는 것은 어려운 일이었다. 거기다 그것을 알아내고 분석하려면 할수록 더 미궁에 빠지는 일이 되었다. 사랑에 빠진 자는 대상의 모든 것을 기호로 해석하려 하기 때문에 작은 것에도 의미를 부여하고 점점 더 혼란에 빠진다는 글을 읽은 기억이 있다. 자신의 욕망이 앞서서 상대방의 별 의미 없는 손짓에도 천국과 지옥을 오가는 것이다. 대개 이런 혼란 속에 있는 사람은 오히려 대상으로부터 매력을 잃는다. 차라리 나의 마음에 집중하며 내가 손을 잡고 싶을 때 상대방의 분위기를 살펴 괜찮을 것 같으면 손을 잡아보면 되는 것이라는 사실을 알게 되었다. 대상에 대한 매혹은 죽음이다. 죽은 상태로 있는 사람을 누가 사랑해줄 것인가.

그 후로 7년 정도의 시간이 흐르고, J와 다시 연락하게 된 것은 휴대전화 메신저인 카카오톡 때문이었다. 지독히도 외로운 밤이었고, 내 실패한 연애들과 그로 인해 영영 연락을 끊은 사람들을 생각하던 밤이었다. 누군가에게는 지독히도 미안했고, 또 다른 누군가는 어쩌면 그렇게 악마 같았을까, 모르는 사이에 그렇게도 나를 옥죄고 갉아먹던 사람이 있었음을 깨달았다. 하지만 그 잘못들도 나로 인해 발현한 부분도 있겠지, 따위의 생각을 하며 그들의 행복을 빌어주던 중이었다. 연락처를 가지고 있는 사람들이 없었기 때문에 영영 연락이 두절된 사람들을 떠올리다 카카오톡 메신저를 뒤져보던 중, '새로운 친구 추천'이라는 항목에서 J의 이름을 발견했다. 연락처를 서로 지웠고 7년이나 지났는데도 어떻게 이게 남아 있는 것인가를 의아해했다. 그러고는 큰 고민 없이 바로 J에게 안부를 물었다. 별일 없이 잘 사느냐고. J는 생각보다 반갑게 답을 주었다. 몇 차례 연락이 오간 후, 우리는 만나서 소주나 한잔하자는 약속을 하게 되었다. 7년이나 시간이 지나 있었던 상황이었던지라 별생각이 없었다. 두 달 만에도 애인이 생기는 경우를 겪었는데, 이미 결혼을 했을지도 모르는 일이었다. 이전의 애인과 잘 만나고 있을 수도 있었다. 이번에는 그저, 안부를 묻고 인사를 나눌 셈이었다. 아무런 사심 없이 두어 번쯤 만나 지난 삶 이야기를 나눴다. 여전히 대화가 잘 통하고, 좋아하는 작가가 비슷했다. 우리는 자주 만난 친구처럼 7년의 공백과 당시 어떤 마음이었는지에 대한 이야기를 하지 않았다.

J와 나는 결국 홍상수 영화를 같이 보지 못했다. 나는 타이밍을

맞추는 데 다시 실패했고, 조심스러웠다. 그나마 다행인 것은 내가 타이밍을 맞추는 것을 포기하자 J가 타이밍을 맞추었다는 것이다. 다시 연락하고 네 번째로 만나 술을 마시던 날이었다. 술에 취한 J는 왜 사귀자고 말하지 않느냐고 묻고는, 답답하니 내가 하는 수밖에 없겠다고 말했다. 호프집 밖으로 나를 불러낸 J는 사귀자는 말과 함께 내 정강이를 걷어찼다.

깊이 사랑하는 사람과 연애에 성공하게 되는 경우 이전의 망설임과 고민은 금세 사라지는 것 같다. 짧은 달콤함이 지나고 난 후 금세 다시 선택과 망설임의 영역으로 연인들은 곧 추락하고 만다. 연애의 성공이라는 것을 판단하는 기준이 무척 애매하다. 결혼이 연애의 완결인가를 가만히 따져보면 고개를 갸웃하게 된다. 긴 연애는 권태라는 감정을 함께 떠올리게 된다. 사실상 완결의 개념은 끝이 존재하는 이야기를 만들거나, 그리고 그들은 행복하게 살았습니다, 하고 적당히 아름다운 순간까지 편집하면서 완성된다. 그러나 삶은 계속된다. 아름다운 장면이 끝나고도 컷을 외쳐주는 감독도 편집자도 없다. 선택의 실패를 처절하고 장엄하게 응징해 나를 이 세상에 퇴장시켜 줄 존재도 사실상 없다. 오직 스스로만 그것을 판단하고 감내한다. 다만 지리멸렬하게, 그다지 성공적이지도 않았던 전편에 기댄 후줄근하고 재미도 없는 후속작들만 상영되는 것이 바로 우리가 하는 연애일 것이다.

내가 20대 후반에 타이밍을 잘 맞추어, 갖은 노력 끝에 J와의 연애에 성공했다고 가정해본다. 성급하고 화가 많았던 이십 대 후반의 나는 더 많은 것을 망쳤을 것이다. 삶의 어떤 사건이건 간에 대부분은 이 지루함의 연속 속에 있다. 다만 그 지루함의 연속 사이에서 연애가 조금 더 특별하게 느껴지는 이유는 순간의 선택이 완전한 단절을 부르기도 한다는 사실 때문일 것이다. 순식간에 와버린 "작가의 사정으로 연재를 종료합니다." 정도의 씁쓸한 느낌을 준다. 정말로 죽어서 끝나는 것이 아니라면 말이다. 우리가 선택의 순간에 망설이고 괴로운 것은 그 멈춤과 실패에 대한 두려움 때문일 것이다. 그래도 자꾸 실패하다 보면 기이하게도 실패들이 모여 다시 이상하고 독특한 성공으로 이끌어주는 날들도 있는 것이다. 이것이 이십 대 후반에 반년쯤 친구로 지내다가, 30대의 절반을 잊고 지낸 후, 7년 만에 다시 만난 후, 3년간 애인 사이로 지내며 3년간 연애를 하며 40대를 함께 맞이한 J와 나의 일대기이다. 이 글은 J에게 허락을 맡고 쓰기 시작했다. 그리고 사귀고 나서도 서로 이 과거에 대해 이야기를 나눈 적이 없다. 이 회고는 사실 나와 J에게는 별 필요가 없는 일이다. 다만 깊은 짝사랑에 빠져 허우적대는 사람이나 순간의 실수로 인연을 잃어버린 사람이 있다면 이 글을 읽고 잠시 웃어넘길 수 있었으면 한다. 그러니까 교훈은 연애를 좀 대국적으로 하십시오, 정도가 아닐까.

김건영

고양이를 바라보며 책 보는 것을 좋아하는 재택독서가. 장래희망은 로또 당첨. 최근 편의점 앞에서 구조된 까만 고양이 밤이를 입양했다. 2016년 《현대시》로 등단. 시집으로 『파이』가 있다. 2019년 '박인환문학상' 수상.

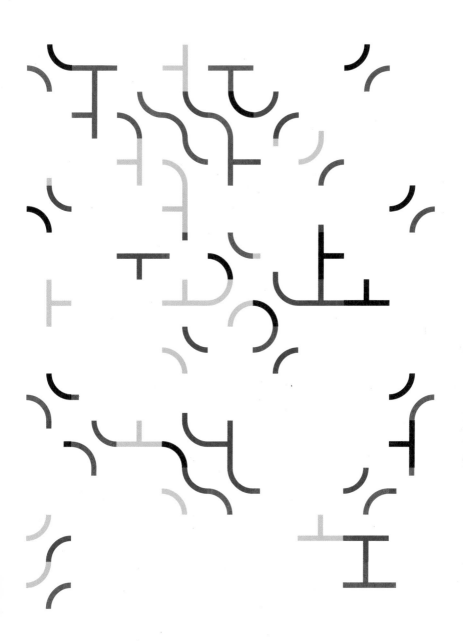

139

연애를 대국적으로 하십시오?

임선빈 ✳ 연극연출가

ALL IN THE TIMING

한 연구에 따르면 죄책감이 크면 불면증에 걸린다고 한다. 그녀는 이 연구 결과를 믿고 있다. 그녀가 바로 그 결과물이기 때문이다. 불면증은 잠에 들지 못하는 입면장애와 잠은 들지만 수면의 질이 나빠 자주 깨거나 가수면 상태 등 수면유지상태의 장애로서 이것을 겪어보지 않은 사람은 거의 없을 것이라 추측된다.

그녀는 불면증이 처음 시작됐을 때 대수롭게 여기지 않았다. 수면 장애가 깊어지자 그때서야 불면증에 대해 인지했고 이것을 치료 혹은 나아지게 하기 위한 방법을 찾기 시작했다. 처음에는 침실에서 잠들기 전까지 수면을 방해하는 요소들을 없애기 시작했다. 불빛이나 햇볕의 자극을 피하기 위해 암막커튼을 쳤다. 잠을 자는 시간을 정해놓고 어떤 중요한 일이 있더라도 그 시간에는 잠자리에 눕고 잠이 올 때까지 끈질 기게 버텼다. 결과는? 실패했다. 다음으로는 식단을 조절하여 섭식이 수면에 도움이 되는 것들을 섭취했다. 결과는? 실패다. 수면에 도움이 된다는 것이라면 머리맡에 말린 쑥을 두기까지 했으니 이만하면 직간접적 자체 연구 결과로 논문을 써낼 수 있을 정도가 됐지만 결과는 참혹한 실패였다. 그녀는 그제야 두 손 들고 병원을 찾아갔고, 수면장애에 대한 여러 검사들을 했지만 임상적으로 불면증에 걸린 이유는 찾을 수 없었다. 그녀는 의사의 권고와 처방에 따라 수면유도제와 각종 신경안정제 등을 처방받아 약을 먹기 시작했다. 결과는? 완벽한 성공이었다. 1년을 넘는 동안 그녀 스스로 해결하기 위해 노력한 일들이 모두 바보같은 짓이었다고 비웃는 듯 약은 그녀에게 깊고 안락한 수면을 선사해 주었다. 연극 무대에서 조명이 페이드아웃 되는 현상처럼 잠이 드는 것이 아니라 드라마틱하게 컷 아웃이 되면서 암흑 상태로 빠졌다가 약 8시간 정도가 지나면 잠에서 깨어났다. 그 후 그녀는 약의 신봉자 아니 약의 신앙인이 되었다. 잠을 자기 위해서는 물과 약만 먹으면 그만이었으니 이만하면 해도 너무 간단하지 않았겠는가. 세상에 이렇게 간단한 기도가 또 어디 있을 거며, 기가 막힌 기도발이 또 있을까.

누구에게나 슬픈 사연이 있듯이 누구에게나 잠 못 드는 사연도 있다. 그녀의 불면증의 사연은 시간 약속을 단 한 번 정말 딱 한 번 어겼는데 사건이 일어나버린 일에 대한 후회와 죄책감에서 시작됐다고 보는 것이 그녀의 자가 진단이다.

그녀는 고향에서 산 시간보다 서울에서 산 시간이 더 많다. 지방에서 서울로 학업을 위해 이주한 뒤 쭉 서울살이를 했다. 그녀의 고향인

S시는 서울에서 약 380km 정도 떨어진 남쪽의 인구 20만 정도의 지방 소도시다. 그곳이 고향이기는 하지만 그녀에게는 고향이라기보다 '집'이 있는 곳에 더 가까운 느낌이다. 불행히도 현재는 그 '집'이 사라졌고, 동시에 고향이라는 말도 듣지도 쓰지도 않게 된 지 오래다.

그녀의 죄책감과 불면의 밤에 대한 사연은 이렇다. 그녀는 사 남매의 막내딸이다. 일찍이 태어날 때 어머니의 난산으로 태어나는 순간부터 앳가심이었던 막둥이 딸은 어쩌면 오래 살지 못할지도 모른다는 가족들의 염려 속에서 무색하게도 살아남았다. 그도 그럴 것이 태어날 때만 미숙아로 태어난 것이 아니라 자라면서 다종다양한 잔병치레를 겪고 병원을 연중 2분기 이상 들락거리며 살아남았으니 무색하달 수밖에. 그녀가 철들어 어른들의 말을 알아듣게 되기 전부터 무슨 주문처럼 주변 가족이나 동네 사람들로부터 K(그녀의 아버지)의 껌딱지라는 별명으로 불리고 있었기 때문에 온전히 목숨을 보존하고 위태로운 병증들을 다 헤쳐 나갔다고 그녀는 믿고 있었다. 말하자면 1+1, K 무릎에는 그녀였기 때문이다. K는 몸에 좋다면, 하얗고 속이 맑게 텅 비어 있는 갈대 뿌리를 삶아 먹으면 코피가 안 난다는 어떤 상식에도 어울리지 않는 소문을 듣고 와서는 갈대밭 뻘밭을 헤매서 찾아내고 만다. 그밖에도 그녀는 K의 성화에 몸에 좋은 것이라면 안 먹어 본 것이 거의 없다. 그래야 K는 직성이 풀렸고, 그렇게 그녀는 K에게 붙어 기생하는 겨우살이 같은 아이가 됐다.

그녀는 고등학교를 들어가면서부터 신기하게 비로소 정상발육을 시작했다. 아마도 그간 K가 구해다 먹인 것들이 약효를 발휘했는지도 모른다. 1년에 키가 15cm나 자라버리는 마법사 같은 기지를 발휘하기까지 했으니, 그녀에게 K는 생명의 은인이며 동시에 세계를 향해 아니 전 우주를 향해 열린 창문이었다.

으레 병약한 아이들이 가질 법한 소심함이나 자폐적인 기질 등은 그녀에게 통하지 않았다. K의 발원대로 그녀는 몸이 튼튼하지 못한 대신 책을 많이 읽고 공부 잘하는 아이로 자랐다. 그녀가 정상발육의 기치를 발휘하기 전까지 그녀의 모습은 또래 아이들보다 머리통 하나만큼 덜 자라고 뼈다귀만 남은 팔다리는 몸통에 비해 비대칭으로 길었다. 그 모양이 어찌나 기괴했던지 친구들에게 오이라고 놀림을 받았다. 그랬던 그녀가 채 1년도 안 되어 다른 친구들보다 키가 커지고 몸통이 커지는 일이 벌어졌으니 농담을 보태자면 엊그제 지나가다 만난 동네 어른에게 인사를 하니 "댁은 누구집 사람이오?"라고 물어볼 정도였다.

그녀와 K의 전설 같은 부녀지간의 에피소드는 너무나 많아 『사자와 마녀와 옷장』의 이야기 중 한 편 정도는 될 법도 하다. 그녀는 K가 읽어주는 한글을 귀로 듣고 글자를 그림으로 외워서 한글을 스스로(?) 독학했다. 무려 그녀가 5살 때의 일이니 K가 신동을 낳았다며 H(그녀의 어머니)에게 특별 금일봉을 내리고 (얼마인지 모르나 금 한 냥 정도라고 했다.) 동네잔치를 열었다. 그녀는 한글을 신문으로 주로 배웠는데 당시 신문

임선빈

에는 한자가 많았다. 그러나 겁낼 것 없다. 한자는 더 그림에 가깝고 신문에 나오는 한자의 종류는 명사 혹은 대명사 위주였기 때문에 한글보다 더 빨리 외울 수 있었다. 사람들 앞에서 그녀를 세워두고 웅변하듯이 신문을 읽게 하면 그녀보다 K가 더 우쭐거렸는데 그녀는 본능적으로 누구에게 어떻게 하면 사랑을 받는 것인지 그 순간 깨달았다. 그리고 나중에 시간이 많이 흐르고 나서 깨닫게 된 것은 눈 깜박이는 정도보다 빠를 수 있는 한순간에 그의 인생이 어떻게 흘러가게 될지 어느 정도는 이미 결정이 난다는 것이다. 5살짜리인데도 나이에 비해 덜 자라서 까맣고 깡마른 오이처럼 생긴 어떤 아이를 K가 관중 앞에 세워 신문을 웅변하듯이 읽게 하지 않았다면, 관중의 박수와 칭찬을 받는 순간을 만들어주지 않았다면 그녀는 K처럼 공무원이 됐을지도 모른다. 하여 그녀는 자신의 미래가 그 순간에 결정되었다고 믿게 됐다. 공무원과 연극연출가와 극작가가 직업적으로 비교할 수 있는 범주의 것은 아니며 어떤 직업이 더 낫다 말할 수 있지는 않지만 분명한 점은 소도시의 공무원보다 그녀의 직업이 조금은 덜 지루할지도 모른다는 것이다.

　시간을 훌쩍 뛰어넘어 보자. 마녀와 사자의 출연 장면이다. K는 매우 로맨틱한 남자였다. 자기 자식들의 성격과 성향을 미리 파악하여 맞춤형 교육 방식으로 양육과 가정교육을 지도 편달했다. 그녀에게는 주로 책과 음악과 영화와 연극을 포함한 무대 공연(그녀는 K와 함께 판소리 완창도 관람했다.)을 경험하게 했다. 그리고 한 치의 의심도 없이 자신이 못다 이룬, 문학청년으로서 등단하지 못하고 절필한 소설가의 꿈을 그녀에게 전해주며 이야기의 세계를 가르쳐주었다. 그 세계가 마녀의 세계라는 것을 K는 나중에 그녀에게 고백하였고 그녀와 K는 부둥켜안고 한참 같이 울었다. 마치 도반의 지정을 나눈 사이처럼. 그녀는 아직 사자를 만나지 못했다. K도 그 사실을 언젠가는 그녀 스스로 온전히 받아들여야 한다는 것을 알았지만 마녀의 세계를 무사히 통과하고 사자를 만나게 될지도 모른다는 희망을 그녀에게 알려주기도 했다. 그러나 그녀는 스스로 포기하였음을 K에게 내색하지 않았다.

자, 이제 그녀가 어찌하여 모든 인간이 다 겪게 되는 '그때' '그 순간에' '그 시간들에'라는 마법에 걸려 후회와 죄의식 때문에 불면의 밤에 마녀와 침대에서 뒹굴어야 하는지 들어보자.

K가 갑자기 아팠다. 의사는 폐암 말기로 수술도 불가능하며 여명의 시간이 대략 삼 개월 남짓 남았다는 통보를 했다. 오만 가지 검사들을 다하더니 담당 주치의가 제자들을 우르르 몰고 K의 병실에 들어와 병을 진단했는데 그녀의 눈에는 그 모습이 〈매트릭스〉라는 영화에서 주인공 남자 배우가 자신을 향해 수없이 날아오는 총알을 슬로모션으로 피하는 장면처럼 기억에 남아 있다. 그러니까 주인공은 K이고 총을 난사하는 스미스 요원은 주치의다. 그녀의 가족들은 총상을 입었지만 정작 당사자 K는 총알을 피했다. 하여 그녀와 K의 이야기의 시간이 다시 그 둘에게 찾아왔다. 그녀가 고등학생 때까지 그녀는 K의 요청에 따

임선빈

라 K에게 소설책을 낭독해주었는데 그때 그 시간이 두 사람에게 다시 찾아온 것이다. K는 꿈도 야무지게 도스토옙스키를 능가하는 작가가 되라고 어릴 때부터 말했지만 그녀 자신은 그 작가도 싫었고 그가 쓴 이야기도 싫었다. 물론 내색하지도 고백하지도 않았다. 그래야 아버지가 자신을 더 사랑해줄 것 같았기 때문이다.

K는 거의 삼 개월에 한 번씩 스미스 요원의 총기 난사를 피해 가야만 했다. 스미스 요원도 인정할 정도로 참으로 의학적 설명이 불가능하게 폐 이외의 다른 장기나 뇌 등으로 암세포가 전이되지도 않고 혈액으로도 전이되지 않고 있었다. 그러나 워낙 의술이 형편없다 보니 당신은 말기 암 환자이고 언제 어느 때 병변이 일어날지 모르니 당신에게 살아 있을 수 있는 시간은 의학적으로 판단했을 때 대략 삼 개월 남짓이라는 말을 3년 동안 들었다. 그녀와 K는 나중에는 K의 죽음의 시간에 대해 농담을 하며 수다를 떨 정도로 그것은 일상처럼 바뀌었다. 지방 소도시에 다행히 KTX기차가 개통되어 그녀는 K를 만나기 위해 일주일에 한 번씩 서울에서 고향을 왕복했는데 효도는 기차가 해준 셈이었다. 그런데 어느 날 터질 것이 터졌다. 암세포가 전이되기 시작한 것이다. 뇌와 혈액을 타고 뼈까지 전이가 급속도로 진행됐는데 여기서 한 번 더 K는 괴력난신의 힘을 선보인다. 모든 아픈 자들이 가장 두려워하는 통증이 K에게는 한 번도 찾아오지 않았고 각혈도 없었다. 스미스 요원이 의사로서 신뢰감을 잃은 것은 아무래도 평생 K가 비흡연자였기 때문에 다른

폐암 환자들과 다른 양상을 보이는 것이 아닌가 싶다는 애매한 설명을 했기 때문이다. 그녀의 아버지 K는 의사의 권고로 호스피스 병동으로 옮겨졌고 가족들은 언제 환자가 죽게 될지 모르니 마음의 준비를 하라는 최후통첩을 받았다.

그녀가 K에게 가서 2박 3일을 보내는 동안 H는 K의 간병에서 잠시 놓여나 쉴 수 있었고 그녀와 K는 호스피스 병동에서 함께 책을 읽거나 라디오를 듣거나 미드 〈왕좌의 게임〉을 보았다. 호스피스 병동에서도 한 달 두 달 시간은 일상처럼 흘러갔다. 그러던 어느 날 스미스 요원이 먼저 총을 내려놓았다. 의례적으로 아침저녁으로 한 번씩 찾아오더니 나중에는 아예 제자들이 들락거리게 됐다. 그러거나 말거나. 그녀는 K가 먼저 무람없이 "아빠 죽고 나면 미국 가는 비행기 표 왕복으로 끊어서 S에게 맡겨뒀으니까 언제든 갔다 와."라고 말하면 철없이 물개 박수를 치며 좋아했다. K는 항암치료 후유증으로 피부가 건조하고 딱딱해지면서 많이 가려우면 실없이 전화해서 "가려워 죽겠다."라고 엄살을 부렸다. 그녀는 엄한 목소리로 K에게 석 달도 못 살고 죽는 환자가 수두룩한데 지금 가려운 게 대수냐고 모이스처크림을 바꿔줄 테니 참아보라고 야단을 쳤다. 그렇게 서로 K가 언제가 곧 죽게 될 것이라는 것과 K의 병중도 모두 소박한 수다거리로 만들어버렸다.

K와 그녀는 마지막으로 세 번의 가을과 겨울, 두 번의 봄과 여름을 보냈다. 두 사람은 서로에게 친구가 되어주고 힘들었던 모든 시간들

을 서로 공감하고 다투기도 하면서 어쩌면 누구도 가져보지 못한 긴 이별의 시간을 가졌는지도 모른다. 그녀가 K에게 마지막으로 읽어준 소설은 '아달베르트 슈티프터'의『늦여름』이다. 그리고 두 권짜리 소설의 첫 번째 권 중간에서 그녀와 K의 작별의 시간은 끝났다.

그녀는 K의 임종을 함께하지 못했다. 두 사람이 한 침대에 같이 누워서 노트북으로 영화를 보다가 K가 죽거나 한데 모인 가족과 한 번씩 눈을 맞추고 K가 죽었으면 좋겠다고 상상했던 이별의 순간과 너무나 다른 이별이었다. K는 간병하느라 고생하였다, 어디에 돈이 얼마 있으니 화장품 사고 미장원에도 가라며 H에게 마지막 금일봉을 남기고 자신의 침실에서 죽었다.

K는 죽기 한 달 전에 호스피스 병동에서 나왔다. 본인이 고집을 피웠기 때문에 그녀의 가족들은 며칠 못 살 거라는 의사의 소견을 무시한 채 K가 원하는 대로 집에서 남은 시간을 번갈아가면서 함께 보냈다. 끝까지 인간으로서 존엄을 한 번도 잃지 않고 모든 가족들에게 로맨틱한 굿바이 인사를 미리 다하고 K는 죽었다.

그녀는 매주 금요일 저녁 막차를 타고 내려가서 일요일 밤 막차로 귀경하는 스케줄로 K와 작별의 시간들을 보냈는데 이 시간이 길어지니 그녀도 몸과 마음이 지치고 힘들었다. 추석을 얼마 남기지 않은 늦여름에 K를 만나러 가야 할 그 시간에 그녀는 원고 마감을 핑계로 K가 아픈 뒤로 처음이자 마지막으로 K에게 거짓말을 했다. 곧 추석이고 오래 함께 있을 수 있으니 이번 주는 쉬고 다음 주에 가겠다고 했다. 그러자 K가 원고 내용을 그녀에게 물었다. 그때는 꿈에도 몰랐지만 그것이 그녀와 K의 마지막 대화가 됐다. 「여우 이야기」. 그녀는 K에게 여우 이야기를 물었고, K는 사력을 다해 아주 오래 전화로 일생 자기가 본 여우와 누구에게 전해 들은 여우 이야기를 그녀에게 해줬다.

그녀는 지금도 그날 그 시간으로 돌아갈 수 있다면 아무리 몸이 피곤하고 아프다 해도 기차를 타러 갔을 것이고, 그러면 그녀가 세상에 태어났던 순간 마주쳤을 K의 눈을 K가 죽는 마지막 순간에도 볼 수 있었을 것이다.

그녀는 수백 번 스스로에게 물어보았다. 그때 왜 거짓말을 했으며 왜 하필 그때 피로감이 몰려왔으며 그럼에도 왜 그걸 이겨내지 못했는지를….

그녀의 아버지는 공교롭게도 『늦여름』이라는 다소 지루한 소설을 끝까지 듣지 못하고 배롱나무 꽃잎이 떨어지던 늦여름에 죽었다. 그녀는 3년을 아버지와 잘 보냈지만 아버지의 임종을 함께 완수하지 못했다. 불면증은 그렇게 시작됐고 이 병은 그녀의 지병이 되어버렸다. 사람들에게 그녀는 자주 묻는다. 당신 인생의 어느 한순간 어느 시간에 대해 깊은 후회가 남는 때가 있느냐고 말이다. 질문은 그녀가 해놓고 대답은 속으로 본인이 직접 내레이션한다. "아빠, 미안해. 사랑해. 다음에 또 만나자!" 모든 시간은 너무 늦거나 너무 빠르다. 시간을 못 맞춘다는

임선빈

것은 일억 명의 일생이 뒤죽박죽되면 생겨날 카오스에 대비해 놓은 정교
한 자연의 이치일지도 모르지만, 그녀의 그날 그 시간에 대한 죄책감은
누가 어떤 위로를 해주어도 약을 먹어도 사라지지 않는다.

임선빈

연극이 좋아, 아무것도 모른 채 추상적인 것만을 따라다니다가 심하게 피곤을
느끼고 희곡을 공부하고 쓰기 시작했다. 현재 연극연출과 극작을 하고 있지만
여전히 무대 밖 10미터 거리에 앉아 있고 극장의 어두운 뒷문으로 출입하고 있는
중이다.

우다영 ✳ 소설가

작고 커다란 하나의 동그라미

바다 동물들이 깊은 바닷속에서 수면이나 육지를 향해 올라올 때 왜 가장 짧은 경로로 곧장 오지 않고 물길을 둥글게 우회하는지 여전히 사람들은 모른다. 왜 사냥을 끝낸 민부리고래가 바다 표면으로 떠오르기까지 서너 번 지름 72m의 거대한 원을 그리며 부상하는지, 왜 푸른바다거북이 태평양을 헤엄쳐 산란장으로 향하기 직전 수면 근처에서 약 20초 주기로 수십 번을 회전한 뒤 목표 해안으로 헤엄쳐 나가는지 우리는 모르지만 그들은 이상하고 아름다운 우주를 유영하듯 맴돌고 맴돌다가 마침내 도착한다.

그들이 도착하는 시간과 장소에.

나는 요즘 그런 순간들이 끝없이 나를 통과해 지나가고 있다는 생각을 한다. 가능하다면 그중 몇 번은 알아채고 싶고 그것에 관해 누군가와 이야기하고 싶다고 생각한다.

작고 커다란 하나의 동그라미

한 가지 대화를 기억한다. 나보다 나이가 다섯 살이나 여섯 살쯤 많은 여자였고, 원래대로라면 우리는 학교나 지역, 비즈니스적으로도 만날 일이 전혀 없었지만 지인의 모임에서 두 번 본 적이 있었다. 나는 여자와 알고 지낸 시간이랄 게 딱히 없었고, 그녀도 나에 대해 아는 것이 거의 없었다. 그러니까 우리는 단둘이 대화를 나눌 만한 사이가 전혀 아니었는데, 그럼에도 그날 여자와 나는 이야기를 나눴다.

내가 그날 인상적으로 기억하는 것은 여자가 느닷없이 하얀 그랜드피아노 뒤에서 나타났다는 사실이다. 평소에는 잘 가지 않는 지역의 처음 가본 고급 다이닝바에서였고, 높은 의자에 걸터앉아 다리를 길게 뻗고 술을 마시는 작고 동그란 테이블들 사이에 어깨가 스칠 것처럼 거리가 가까운 사람들이 가득 차 있었다. 모두 에디터나 포토그래퍼, 유명 블로거, 인플루언서들로 인테리어와 테마를 새롭게 재정비한 가게에서 초대한 사람들이었다. 나를 지인으로 데려간 포토그래퍼 친구가 카드에 등록된 초대장을 확인받는 모습을 나는 가게 입구에서 지켜봤다. 아는 사람을 만나면 인사를 나누고 처음 보는 사람들과도 서로를 소개하는 자리가 이어졌는데 솔직히 처음에는 꽤 즐거웠다. 나는 아예 새로운 사람들 사이에서는 오히려 낯을 가리지 않는 성격이었고 나를 데려온 친구도 그걸 잘 알고 있었다. 친구와 나는 분위기가 사랑스러운 모델 두 명과 알게 되었고, 프랑스인 셰프가 다가와 식전주와 관자요리가 어쩐지 영어로 물었을 때 우리는 이미 다정한 친구가 되어 입을 모아 모두 좋다고, 고맙다고 말했다. 그 모델 중 한 명이 조금 재미있는 이야기를 했는데, 자기가 중학생 때까지 자면서 이불에 오줌을 누었다는 것이었다. 아마도 내 친구가 "말도 안 돼, 거짓말이죠?" 하고 되물었던 것도 같고, 아니면 "자기도 정말 이상한 거 알죠? 미친 거 같아. 너무 좋아." 하고 친한 척을 했을 수도 있다. 어쩌면 그 말을 한 것이 친구가 아니라 나였을 수도. 아무튼 그 모델은 꿈에서 자꾸 화장실을 갔다고, 그게 꿈이라는 걸 깨닫고 재빨리 멈춰도 벌써 오줌을 지린 상태였다고 천연덕스럽게 말했다. 그 예쁜 모델의 얼굴 위로 비눗방울 같은 금속 볼 조명이 붉은 기가 감도는 황금색으로 빛나고 있었는데, 그 순간 왠지 내가 오늘을 편안하고 즐거운 저녁으로 기억하게 될 것 같은 예감이 들었다. 마음이 불편하지 않고 배부르고 재밌는 사람들과 잘 놀았다는 생각이 드는 하루. 그런데 바로 다음 순간 내가 시선을 돌렸을 때 그 여자가 하얀 그랜드피아노 뒤에서 나타난 것이다.

나는 처음에는 그저 무심히 여자를 봤고, 여자와 눈이 마주친 순간에도 우연이라고 생각했다. 하지만 여자가 시선을 돌리지 않고 나를 아는 표정을 지었을 때, 나 역시 그녀가 누구인지 떠올랐다. 그럼에도 먼 거리까지 다가가 먼저 인사를 할 만한 사이는 아니라고 생각했고 그대로 나와 함께 앉은 일행 쪽으로 고개를 돌렸다. 그것으로 끝이라고 생각했다. 실제로 여자를 까맣게 잊은 채 꽤 오랜 시간을 떠들었다. 그런데 뜻밖에도 화장실에 다녀오는 길에 여자가 내게 다가와 말을 걸었다. 내 이름을 부르고 반갑다고 어떻게 지내느냐고 물었다. 나는 다정하게 반응하면서도 의심스러운 마음이 들었다. 이런 안부를 자연스럽게 물을 만한 관계가 아니었고 사실 나는 예전에 여자가 나를 싫어한다는 느낌을 받았었기 때문이었다. 하지만 여자는 "끝나고 잠깐 이야기할래요?" 하고 제안했다. 여자는 내게 할 말이 있어 보였다. 나는 "일행들한테 물어봐야 해요." 하고 방어적인 대답을 했지만 정작 자리로 돌아왔을 때는 고민하지 않고 일행들에게 아는 언니를 우연히 만나서 따로 나가겠다고 말했다. 다들 아쉬워했지만 별로 이상하게 여기지 않고 수긍해주었다. 그 상황을 이상하게 여긴 건 나뿐이었다. 왜 마음이 그토록 불편하면서도 여자가 하려는 말을 듣고 싶었을까? 모든 일정이 끝나고 내가 여자 쪽으로 갈 때 나를 행사에 데려온 친구가 조금 취한 상태로 내 목을 끌어안으며 "기분이 상한 건 아니지? 오늘 재미있었지?" 하고 물었다. 나는 놀라서 전혀 그런 게 아니라고 대답했다. 친구는 그럼 되었다고 웃으며 나를 놓아주었고 친한 사람들이 기다리는 쪽으로 갔다. 저 멀리서 그날 처음 만난 모델들이 또 보자고, 다음에 연락하자고 큰 소리로 외쳤지만 그날 이후로 그들을 다시 만난 적은 한 번도 없었다.

　여자는 나를 두루치기집으로 데려갔다. 나는 내심 그녀가 은밀하고 심각한 이야기를 하지 않을까 기대했는데 갑자기 밝아진 백열등 조명 아래서 마주앉으니 오히려 꿈을 꾸는 것처럼 비현실적인 기분이 들었다. 내가 그러거나 말거나 여자는 양념 고기를 뒤집고 타지 않도록 볶

우다영

은 뒤 꽤 잘 먹었다. "아까 그 비싼 음식들은 너무 느끼해서 매운 게 먹고 싶더라고요." 여자가 말하자 나 역시 군침이 돌았다. 배가 부르다고 생각했는데 여자가 접시에 퍼주는 고기를 많이 먹었다. 그러고 있자 불현듯 그녀와 내가 사촌지간이라도 되는 것처럼 느껴졌다. 나에게는 나보다 4개월 먼저 태어난 사촌언니가 있었는데 마침 얼마 전에 언니를 만나 하룻밤을 새며 음식과 술을 먹었다. 나는 여자를 앞에 두고 언니와 그때 했던 대화를 떠올렸다. 언니는 해결 방법이 보이지 않는 몇 가지 문제들에 대해 내게 털어놓았다. 내가 그 일에 마음을 쓰고 있었던 걸까? "우리가 정확히 언제부터 알았죠?" 여자가 물었다. 나는 천장이 높고 식물이 많았던 술집의 이름을 말하며 우리가 거기서 친구와 친구의 즉흥적인 연락으로 만났다고 말했다. 여자는 맞다고, 그날의 나를 기억한다고 말했다. "칼라가 없는 진청 셔츠를 입고 있었어요. 길이가 길었는데 미니 원피스처럼 입었죠." 나는 놀라며 아마 그랬을 수 있다고, 나한테 그런 옷이 있다고 말했다. 그런 뒤 나는 충동적으로 "그날 왠지 당신이 나를 싫어한다고 생각했어요." 하고 말해버렸다. 여자는 나를 빤히 바라봤다. 그리고 잠시 후 아니라고, 그런 마음은 전혀 없었다고 대답했다. 그러면서도 무언가 떠오른 기억이 있는지 진지하게 생각에 잠겼다. 나는 고개를 끄덕이며 내 착각일 수 있다고 인정했다. 처음 만났을 때는 그런 느낌을 은연하게 받았다고, 당신이 내게 미묘하게 등을 돌리고 이야기하며 내 말에 조금 늦게 아리송한 미소를 지었다고, 하지만 당신이 아니라면 당연히 아닐 거라고 말했다. 그리고 아마 두 번째 만남에서 당신이 나를 아예 쳐다도 보지 않으려 들었기 때문에 더욱 오해한 것 같다고 말했는데 여자는 놀라면서 우리가 두 번째 만난 일을 까맣게 모른다고 말했다. 여기서부터 여자와 나는 머리를 맞대고 고민에 빠졌다. 우리의 기억은 얼마나 다르게 선별되어 있는가? 이런 일련의 과정이 어떻게 일어난 것이고 왜 일어난 것인가?

여자와 나는 두루치기에 소주를 마셨다. 나는 이런 상황이 내가 쓰는 소설 같다고 느꼈는데 여자는 내가 소설을 쓴다는 것을 몰랐기 때문에, 정확히는 누군가 말한 적 있지만 그녀는 소설을 쓰는 사람들에 대해 거의 아는 바가 없었기 때문에 그런 감상적인 이야기는 꺼내지 않았다. 여자는 곰곰이 생각하다가 나를 처음 만난 날 있었던 일을 들려줬다. 그 이야기를 이 글에서 조금 다르게 각색하여 옮기면 다음과 같다. 우리가 처음 만난 날 낮에 여자는 구두 가게에서 구두를 고르고 있었다. 그녀는 옷과 구두를 아주 좋아하고 정말로 많은 돈을 써서 심각한 상황에 놓인 적도 있었다. 나만 한 나이 때였다. 하지만 다 갚았어요, 이제 그런 시기는 지나갔어요, 하고 여자는 말했다. 그날은 약속 시간보다 일찍 나와 거리를 둘러보다가 한 구두 가게에 들어갔는데 생각보다 마음에 드는 구두가 많아서 진열대에 잔뜩 집중하고 있었다. 그래서 곁에 있던 친구를 뒤늦게 발견했다. 그래도 결국 그 친구를 발견했고 와, 오랜만이야 하고 인사를 건넸다. 고등학교를 졸업하고 드문드문 보다가 연락이 완전히 끊겼던 친구였다. 일 년에 두 번 각자의 생일이 있는 달에 만나 밥을 사는 것이 암묵적인 약속이었는데 어느 순간 그것이 끊겼다고. 친구는 키가 크고 잘 웃고 약간은 터프한 성격이었는데 그 친

우다영

구가 처음 보는 냉정한 표정으로 여자의 인사를 완전히 무시했다. 둘은 말소리를 듣지 못할 수 없는 거리에 나란히 서 있었고 여자가 친구를 뚫어지게 바라보며 계속 대답을 기다렸는데도 친구는 그녀를 한 번도 쳐다보지 않았다. 그런 채로 천천히 구두를 구경했다. 여자는 황당하고 혼란스러워서 친구를 가만히 지켜봤다. 친구는 핑크색 펌프스를 하나 골라 계산대로 갔는데 그걸 계산하고 뒤돌아서 여전히 자신을 바라보고 서 있던 여자를 별안간 무섭게 노려봤다. 끝까지 노려보며 그녀를 지나쳐 가게를 나가버렸다. "내가 무슨 잘못을, 그러니까 분명히 어떤 커다란 잘못을 한 것처럼 쳐다봤다니까요." 여자는 인상을 찡그리며 여전히 그 기억에 관해서는 무슨 일이 일어난 건지 도무지 모르겠다고 고개를 저었다.

여자와 나는 우리가 처음 만난 날 각자 다른 사람에게 비슷한 기분과 감정을 느꼈다는 것을 신기하게 여겼다. 우리에게 그런 일이 일어났다는 걸 심지어 알게 되다니. 내가 물었다. "그런데 그날 당신은 기분이 좋아보였어요. 아주 쾌활했는걸요. 오직 나한테만 미묘하게 적의가 있다고 느껴졌어요." 그러자 여자가 대답했다. "속이 복잡하고 기분이 엉망인 티를 내고 싶지 않았어요. 그래서 오히려 더 잘 웃었던 것 같은데, 당신이 그렇게 느꼈다니 신기하네요. 이상해요." 나도 그렇게 생각한다고 이 모든 일이 이상하다고 말했다. "두 번째 때는 정말 기억이 안 나요. 내가 정신이 빠진 시기였거든요." 나는 또 고개를 끄덕였고 우리는 잠시 말없이 술을 먹었다. 나는 이유를 모른 채 나에게서 멀어진 사람들을 떠올리고 있었다. 갑자기 차갑게 대하거나, 나를 보고도 못 본 체하거나, 어느 날 SNS 팔로우를 취소해버리는 경우였다. 나는 그런 경우 그냥 그들을 잊어버리곤 하는데 은연중에는 이 모든 게 내가 무심하기 때문이라고 생각하고 있었다. 이건 다 내 무심함 때문이야. 이건 다 내 무심함 때문이야. 그 사실을 그 순간 깨달았다. 여자가 다시 이야기를 시작했다. "그런데 그 친구를 마지막으로 본 뒤에 내가 한 사람을 사귀었거든요. 동창이었지만 거의 모르는 사이였죠. 학교를 다닐 때 그에 대해 들었던 이야기라고는 그 친구에게서 들은 것뿐이에요. 그 친구가 오래 좋아한 애였죠. 나는 그걸 기억하고 있었어요. 내가 그를 만난 게 이상하고 그를 만나기도 전에 친구가 나에게 무섭게 군 것이 이상하지 않나요? 무언가 연관이 있는 일 같아요." "그 사람하고 지금도 만나고 있나요?" "아니에요. 그와는 정말이지 최악이었어요. 그 후로 좀 엉망진창으로 살았죠." 여자와 나는 취한 뒤로는 조금 두서없는 대화를 나눴다. 나는 사촌언니 고양이 이야기를 했다. 언니는 커다란 삼색 고양이를 키우고 있었고, 나는 초록색 앵무새를 키웠었는데 오래전에 죽었다고. 얼마 전에 언니와 만나 그 고양이와 그 새 이야기를 많이 했는데 지하철 개찰구 앞에서 헤어질 때에야 일 년 전에 언니의 고양이가 사고로 죽었다는 사실을 알게 되었다고. "우리는 둘 다 죽은 동물에 대해 이야기하고 있었던 거예요." 여자는 내게 불면증이 심하다고 털어놓았다. 잠을 자려고 침대에 누우면 온갖 생각이 머릿속에서 피어나고 머릿속에서 일어나는 그 일이 정말 가시적으로 존재하는 뿌연 연기처럼 느껴진다고 말했다. 나는 왜인지 그날 만난 예쁜 모델이 꿈속에서 깨어날 때 쓴

우다영

다던 효과 좋은 방법을 알려주었다. 손끝으로 작은 동그라미를 그리라고. 곧 자신의 손가락이 동그라미를 그릴 것을 믿으라고. 눈에 보이지 않는 작은 동그라미가 점점 커지며 퍼져나가는 모습을 상상하라고. 그 작고 커다란 동그라미가 사실 하나라는 사실을 기억하라고. 여자는 손가락을 들어 허공에서 휘리릭 휘저었다. 알겠다고 그대로 해보겠다고 고개를 끄덕이며 내게 고맙다고 말했다. 나는 가끔 여자를 떠올리며 과연 그녀가 꿈에서 깨는 주문으로 꿈에 들어가는 데 성공했을지, 정말 그렇다면 이 세계와 꿈은 무엇이 다른지 궁금해하곤 한다.

여자와 나는 헤어질 때 다시 만나자는 말을 하지 않았고 번호도 교환하지 않았다. 여자는 어두운 길가에서 차도 쪽으로 조금 비틀거리며 그날 함께 온 사람들이 불편해서 자리를 피하고 싶었고 그래서 마침 만난 내게 말을 걸었다고 털어놓았다. 나는 피곤한 눈을 끔뻑이며 괜찮다고 모든 게 다 괜찮다고 말했다. 그러자 여자는 한 손을 뻗어 내 어깨를 두어 번 느리게 쓰다듬었다. 손은 자그만하고 따뜻했다. 여자는 내게 모든 게 다 괜찮을 거라고 말해주었다. 그것은 아주 난데없고 이상한 말이었고 그녀 스스로도 무슨 말을 하는지 몰랐을 테지만 어쩐지 내 마음을 따뜻하게 만들어주었다. 미처 깨닫지 못했지만 내가 아주 지치고 슬픈 마음이었다는 것을 알게 되었고, 동시에 생각지 않은 방식으로 위로를 받았다. "우린 오늘 이상한 이야기만 잔뜩 했네요." 여자가 택시 안으로 몸을 집어넣으며 마지막으로 말했다. 문이 닫히자 차는 곧 떠났다. 거리는 텅 비고 나 혼자 창백한 가로등 불빛 속에 남아 있었다. 나

작고 커다란 하나의 동그라미

는 문득 빛과 어둠이 얼룩덜룩하게 가득은 나무와 가게와 골목으로 이루어진 주변 풍경을 의식하며 찬찬히 바라봤다. 내가 지금 도착한 곳이 어디인지, 혹은 이미 나를 지나간 그것이 무엇인지 유심히 살폈다. 아주 비좁은 틈을 이제 막 헤치고 나온 기분이었다. 그 틈은 놀라운 균형으로 이루어진 찰나의 세계였고 조금은 무자비하게 느껴졌다. 사람들이 가까워지고 멀어지는 모든 일은 얼마나 정교한지. 또 얼마나 단순한지. 이미 이곳에 도착한 나는 내가 무엇을 맴돌았는지, 어떤 순간을 기다리며 느리게 목적지를 선회했는지 영원히 알 수 없지만 다만 한 가지 사실을 기억했다. 그날 나는 다시 만날 일 없는 여자와 이상한 밤을 보냈고 우리가 잠시 함께 있었다고. 한순간 서로 다른 이야기가 하나로 겹쳐졌다고. 놀랍게도 세상에는 이런 일들이 무수하게 일어나고 있으며 대부분은 알아채지 못한 채 내 일부가 된다고. 나는 그렇게 지금 이 순간에도 나에게로 도착하고 있다고 생각했다.

우다영

1990년 서울에서 태어났다. 2014년 《세계의 문학》 신인상으로 등단했다. 지은 책으로는 『밤의 징조와 연인들』, 『앨리스 앨리스 하고 부르면』이 있다.

작고 커다란 하나의 동그라미

김승연 ✳ 미국 회계사

교차점

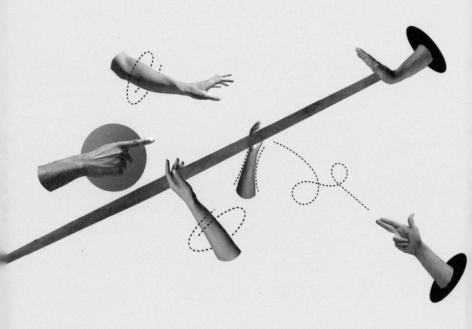

"저… 이번에는 로스쿨 첫 학기라 과제와 시험이 많아서 못 갈 것 같네요. 다음 봄에는 꼭 갈게요!"

내가 기억하는 그녀의 첫 마디는 단호한 거절이었다. 그녀의 맑은 눈은 나를 보며 웃고 있었다. 전혀 기분이 나쁘지 않았다. 오히려 "생각해 볼게요."라는 많은 사람들의 애매한 대답에 지쳐 있던 나에게는 참신하게 다가왔다. 헛된 희망을 남겨 놓는 것보다는 단호하게 쳐내주는 것이 깔끔하다. 미련이 없으니까. 아니면 단지 그녀의 외모에 끌려 용납이 됐던 것일까?

2014년 가을, 나는 대학교 4학년이었고 그녀는 로스쿨 첫 학기를 시작했다. 우리는 워싱턴 DC의 어느 교회에서 서로를 알게 되었다. 나는 수련회 준비를 맡아 참여를 독려하는 중이었고 그녀는 나의 제안을 단칼에 거절했다. 그 후로도, 가장 중요한 로스쿨 첫 학기라고 하길래 같이 밥 먹고 놀자며 친해질 구실은 찾지 못했다.

교차점

그렇게 세 달이 지나 차가운 바람이 마음마저 시리게 하는 12월이 되었다. 나는 겨울방학 동안 취업을 위해 연락이 오는 모든 곳의 면접을 보려고 학교에 남았다. 대학교 근처의 한인 교회들은 방학이 되면 한국 학생들이 대부분 귀국하므로 한산하다. 교회에 갔더니 예배드리는 사람이 20명 남짓이었다.

"어? 방학인데 한국 안 갔어요?"

그녀의 모습이 보이길래 반가워서 말을 걸었다.

"네. 방학 때도 다음 학기 준비해야 해서 남아서 공부하기로 했어요."

치고 들어갈 첫 타이밍이었다.

"그럼 우리 서로 방학 때 밥 먹을 사람도 없을 텐데 언제 점심이라도 같이 먹어요."

"아 그럴까요?"

어느 초밥집에서 우리는 처음 둘이 마주 보고 앉았다. 많이 꾸미지 않은 평범한 옷차림이었지만 그 뒤에 숨겨진 부티 나는 외모는 옷차림에 가려지지 않았다. 미슐랭 스타를 받은 고급 식당에서의 식사였지만 나는 음식 맛이 어땠는지 기억나지 않는다. 식사 내내 그녀의 짓궂은 말장난에 대응하느라 식은땀을 뻘뻘 흘렸기 때문이다. "이 말은 무슨 뜻인가요?" "그건 왜 그렇죠?" "이런 뜻으로 받아들여도 되는 건가요?" 등 내가 청문회에 앉아 있는 듯한 질문 공세는 보기보다 장난기가 많은

김승연

사람이라는 생각이 들게 만들었다. 버거울 정도로.

식사 후 커피를 한잔하고 그녀를 집에 데려다주는 길. 미 국회의 사당과 국회도서관 앞을 지나가는데 그녀가 말했다.

"구텐베르크 성경이라고 알아요? 이번에 국회도서관에 들어왔다고 하네요."

두 번째 타이밍이었다. 아니, 이번엔 그녀가 타이밍이라고 생각했던 것일까?

"아 그래요? 몰랐네. 언제 같이 보러 갈래요?"

"그래요."

그렇게 두 번째 만남도 성사되었다. 평일 오후에 만나서 국회도서관에 갔다. 아직 친하지도, 어색하지도 않은 기분 좋은 긴장감이 들게 하는 사이. 전시물을 관람하며 걷는 내내 적당한 거리를 유지하는 데 온통 신경이 쓰였다. 너무 멀면 다가가고, 너무 가까우면 조금 물러나고. 관람에 방해가 되지 않게 말을 너무 많이 하지도 않고, 어색해지지 않게 너무 말을 아끼지도 않고. 모든 것의 밸런스를 맞추느라 역시나 그날도 뭘 봤는지는 기억나지 않는다. 금속활자 인쇄물의 상징인 구텐베르크 성경도 그냥 오래된 큰 종이 뭉치였을 뿐.

국회도서관에서 나왔다. 어느새 바깥은 어둑어둑하다. 그럼 당연히 밥을 먹어야지….

"같이 저녁 먹고 갈래요?" 내가 물었다.

"좋아요."

우리는 시카고의 명물이라고 하는 딥 디쉬(Deep Dish) 피자를 먹으러 갔다. 이 피자의 특징은 파이처럼 생긴 딱딱하고 깊은 도우에 치즈와 토핑이 가득 차 있다. 토핑의 양만큼이나 우리도 더 서로에 대해 많이 알아가기 시작했다. 자라 온 얘기, 하고 싶은 일, 꿈 등 많은 부분을 얘기하면서 첫 만남에서의 장난기 뒤에 숨어 있는 진지한 모습과 내면에 숨어 있는 가치관이 의외로 나와 비슷한 부분도 많다는 느낌이 들었다.

몇 주가 흘러 크리스마스가 다가오고 있었고 그녀와 나는 교회에서 같이 가는 미국 동부 청년 기독교 집회에 참석하게 되었다. 세 시간 가까이 가는 길을 그녀와 승합차의 맨 뒷자리에 앉아 시간 가는 줄 모르고 대화를 나누며 서로의 믿음과 신앙의 색깔이 비슷하다는 것도 알게 되었다.

조별 나눔의 비중이 컸던 집회에서는 아쉽게도 그녀와 같은 조가 되지 못했다. 괜히 그녀 조에 어떤 남자들이 있는지 훑어보게 된다. 다행이다. 딱히 위협이 될 만한 사람은 보이지 않는다. 3박 4일의 집회 동안 오가다 마주치기는 했지만 인사 외에 그녀와 따로 대화를 나눌 시간은 없었다.

각 조별로 모든 일정을 함께하다 보니 조원들과 단기간에 급속하게 친해지게 되었다. 만난 지 며칠 안 되어 잘 모르지만 세상엔 참 좋은 사람들이 많다. 이때가 아니면 언제 이런 사람들을 또 만나겠는가…. 우리 조는 거리상 다 한 시간 이내에 사는 사람들로만 구성이 되어 있어

김승연

서 "우리 끝나고도 자주 보자."라는 약속을 하고 헤어졌다.

　　그로부터 한 달쯤 흘렀을까? 우리 조는 서로의 중간 거리쯤 되는 식당에서 다시 만났다. 밥을 먹고 카페에 가서 차를 마시고 있었는데, 갑자기 우리 조에 있던 나와 동갑이던 남자인 친구가 말을 걸었다.

　　"아 참, 너희 교회에서 이번에 너랑 같이 집회 왔던 여자애 있지? 걔 남자친구 있냐?"

　　등골이 오싹했다. 여기서 뭐라고 대답해야 하지….

　　"글쎄 잘 모르겠는데 내가 알기론 없을걸?"

　　망했다. 그냥 모른다고 할걸.

　　"아? 그래? 걔 연락처 좀 줄 수 있냐? 완전 내 스타일인데 차라도 한잔하자고 해보게."

　　가슴이 쿵 내려앉았다. 농구 경기에서 반대편 코트에 상대팀이 등장할 때의 느낌이랄까…. 내가 질 것 같지 않지만 그렇다고 쉽게 이길 거 같지 않은 느낌. 하지만 아직 남자친구도 아니고 내 마음도 당장 고백을 할 만큼 확신이 있는 상태도 아닌데 싫거나 언짢은 티를 낼 수도 없었다.

　　"그래? 한번 물어볼게."

　　그녀에게 카톡을 보냈다.

　　"이번에 집회에서 우리 조에 있던 애가 너 관심 있다고 연락처 물어보는데 줘도 돼?"

마음속은 주문을 외우고 있었다. '제발 안 된다고 해라… 제발….'

"아 그래요? 오빠 조 남자분이라면 누구인지 알 거 같아요… 뭐 안 될 거 없죠."

속이 부글부글 끓기 시작했다.

'안 될 게 왜 없나… 로스쿨 1학년이, 학기도 시작했는데 바쁘고 신경 쓸 시간 없다고 얘길 해야지… 직접 얘기해본 적도 없으면서 어떤 사람인 줄 알고 대뜸 연락처를 주나? 이런 상황에선 좀 부담스럽다고 거절해야지….'

속은 타 들어가지만 결국 카톡 연락처를 넘겨줬다. 안 주고 싶었지만 안 줄 구실이 없었다. 그녀가 알아서 잘 쳐내주길 바랄 뿐.

며칠이 흘렀다. 그녀에게서 문자가 왔다.

"오빠 오늘 저녁에 바빠요? 나 오빠네 학교에 들를 일이 있는데 시간 되면 차라도 한잔할래요?"

생각지도 못한 타이밍이 찾아왔다. 바쁜 게 대수인가? 바빠도 시간을 만들어야지.

"응 괜찮아. 오면 연락 줘."

그녀는 우리 학교에서 저녁 약속이 있었나 보다. 저녁 시간이 지난 8시쯤 우리는 학교 안의 카페 근처에 마주 앉았다. 기류가 평소와 다르게 어색했다. 나만 그렇게 느끼는 걸까….

무심한 듯 말을 꺼냈다.

김승연

"아 참, 지난번에 내가 너 연락처 준 애, 연락 왔어?"

"아 네, 제가 너무 바빠서 당장은 안 되고 다음 주 토요일에 저녁 먹기로 했어요."

다음 주 토요일… 이런… 2월 14일이다. 밸런타인데이라니…. 이 친구의 치밀한 계획인 걸까? 머리를 한 대 맞은 것처럼 띵하고 아무 생각이 없었다.

내가 아무 반응이 없으니 그녀가 물었다.

"왜요?"

몰라서 묻는 걸까… 알면서 떠보는 걸까….

평소에 안 쓰던 머리가 최고 속도로 돌아간다.

뭐라고 대답하지. 치고 나가야 되는 타이밍인데. 나는 아직 그녀에 대한 확신이 없고 그녀가 나에 대한 확신이 있는지는 더더욱 알 수가 없다. 그래도 이건 놓치면 안 되는 타이밍이다.

"우리가 서로 좀 친해진 지 두 달쯤 됐잖아. 혹시 그동안 내가 한 번이라도 남자로 느껴졌던 적이 있어?"

교차점

"음… 오빠는 내가 한 번이라도 여자로 느껴진 적이 있어요?"

"내가 먼저 물어봤잖아."

"오빠가 먼저 얘기 안 해주면 저는 대답 안 할래요."

다른 남자가 자기한테 관심을 보이니 자기는 아쉬울 게 없다는 건가. 자기가 칼자루를 쥐고 있다는 걸 아는지 먼저 패를 까지 않는다. 그래 그럼 아쉬운 내가 숙여야지….

"나는 우리가 두 달 동안 여러 번 같이 시간 보내면서 너랑 만날 때마다 항상 설레고 좋았어. 한 번도 너를 여자라고 생각 안 하고 만난 적은 없었어."

"근데 그럼 오빠 조의 친구한테 제 연락처는 왜 줬어요?"

내 질문에 대답은 안 하고 오히려 또 취조가 시작되는가 싶다.

"나는 네 남자친구도 아니고, 다른 조원들 다 있는 자리에서 '내가 너한테 관심 있으니 건드리지 말라'고 어떻게 얘기하냐."

답이 없다.

"그래서 너는?"

제발… 제발… 시험 결과 확인할 때의 기분이랄까…. 뱃속에 지렁이가 꿈틀꿈틀하는 듯하고 등에서는 식은땀이 흘러내린다.

"저도 오빠랑 시간 보내면서 한 번도 남자라고 생각 안 한 적은 없어요."

한고비 넘겼다. 상황이 최악은 아니구나.

"그럼 넌 걔한테 왜 연락처 줘도 된다고 했어?"

"오빠가 내 연락처 줘도 되냐고 물어보길래 '아… 오빠는 나한테 관심이 없나 보다' 생각해서 그럼 뭐 안 될 것 없다고 생각했어요."

다시 흐르는 침묵…. 둘 다 서로의 상황이 이해는 간다. 누구 하나 잘못 행동한 사람은 없다. 일단 마음은 확인했으니 한고비 넘었고 그럼 이제 굳히기에 들어가야 한다.

"2월 14일이 무슨 날인지는 알지? 난 그날 네가 나랑 있었으면 좋겠어."

또 침묵이 흐른다.

"음… 오빠 친구 이미 만나기로 했는데 그냥 안 만난다고 할 수는 없을 거 같아요."

그녀의 입장이 이해는 가지만 서운했다. 아직 그 사람을 쳐낼 만큼 나에 대한 마음이 확실하지는 않은 것일까… 그렇다고 내가 더 세게 나갈 수 있는 입장은 아니다. 고백을 하든가… 일단 상황을 좀 지켜봐야지.

2월 14일이 되었다. 아침부터 기분이 안 좋다. 일어났는데 밖에 눈이 소복하게 쌓인다.

'아… 제발 오늘 눈 많이 와서 약속 취소되어라….'

점심때쯤 되니 눈이 그친다. 오늘 만나는 걸까 안 만나는 걸까…. 종일 머릿속에 그 생각뿐이다. 잡생각을 떨치려고 체육관에 가서 운동도 하고 기타도 치고 별짓을 다해도 계속 그 생각뿐이다. 입맛도 없다.

하고 싶은 것도 없다. 공부는 당연히 하고 싶지 않다. 저녁 시간이 다가 올수록 마음이 더 쓰리고 아프다. 신경을 많이 써서 그런지 배도 아픈 것 같다.

저녁 9시가 되었다. 도저히 못 참겠다. 문자라도 해야지.

"잘 만나고 왔어?"

답이 없다. 몇 시간을 만나고 있는 거야….

밤 10시다. 답이 없다. 아직도 만나고 있는 걸까….

밤 11시다. 이게 무슨 일이지… 왜 답장이 없는 걸까… 아직도 만 나고 있는 건 아닐 테고….

밤 12시다. 아… 이제 모르겠다. 아직까지 같이 있는 건 아닐 텐 데 답장이 없는 걸 보니 돌아와서 피곤해 쓰러졌든지 공부하다가 그냥 자나 보다.

다음 날 아침이 되었다. 연락이 없다. 무슨 일이 있을까? 오늘 교 회는 나오려나?

교회에 갔더니 그녀가 있다. 나를 보는 눈빛이 좀 낯설다.

"내 문자 못 봤어? 어제부터 답장 이 없네."

"아 좀 바빠서 정신이 없었어요."

바빠서라니. 나는 종일 너 때문에

174

김승연

마음고생하고 있었는데. 그 말 말고는 교회에서 나에게 한마디도 말을 걸지 않았다. 갑자기 짜증이 확 난다. 배려가 부족한 사람인가 싶다.

저녁에 그녀의 집 앞으로 차를 몰고 갔다. 유튜브 링크를 그녀에게 하나 보냈다. '스무 살'이라는 가수의 〈걷자 집 앞이야〉라는 노래. 카톡을 안 읽는다. 전화를 걸었다.

"뭐해? 바빠? 지금 집 앞에 있으니까 잠깐 드라이브나 하게 나와."

그녀가 바쁜지는 별로 중요하지 않다. 지금은 나와 줘야 될 타이밍이다. 아니면 내 마음이 돌아설지도 모른다.

다행히 그녀가 나왔다. 차를 몰아 워싱턴 DC의 상징인 연필탑 앞으로 갔다. 분위기 좋게 불이 켜져 있고 일요일 저녁이라 그런지 사람은 없다. 길가에 차를 세운다. 그녀와 이렇게 단둘이 있는 건 오늘이 마지막일지도 모른다는 불안감도 든다.

"어제 그 친구는 만났어? 연락이 안 돼서 걱정했어."

"어제 그 오빠 친구가 준비를 너무 많이 해 와서 미안하고 고마워서 적어도 어제만큼은 오빠랑은 연락을 안 하는 게 그분에 대한 예의라고 생각했어요."

"그럼 나에 대한 예의는? 내가 너 그 친구 만나는 동안 종일 똥줄 타고 있을 거라는 생각은 안 해봤어? 나도 너 주려고 준비한 거 많이 있었는데 만나고 집에 왔다 정도는 얘기해줄 수 있는 거 아냐?"

내가 왜 화를 내는지 모르겠다. 내가 뭐라고. 그냥 어제부터 쌓여온 서운한 감정이 폭발을 했나 보다.

그녀가 그와 있었던 얘기를 다 해줬다. 식당 예약부터 준비해 온 선물도 한두 가지가 아니고 그냥 사 온 선물이 아니라 몇 주 전부터 카톡으로 대화하면서 그녀의 취향을 파악해서 그녀가 좋아하는 CCM 가수의 음반과 정성을 들인 선물. 이 친구가 제대로 마음을 먹고 달려들었나 보다.

얘기를 다 듣고 나니 할 말이 없다. 또 침묵이 흐른다.

"그래서 이제 어떻게 할 거야? 그 친구 계속 만나 볼 거야?"

"그분이 또 만나자고 하기는 했는데, 어제 만나는 거는 결정하기 전에 오빠의 마음을 몰랐었고, 이제는 아니까 오빠가 싫다고 하면 안 만날게요."

갑자기 마음이 녹아내린다. 이게 마지막은 아니겠구나. 오늘이 끝은 아니겠구나. 안도감과 함께 극도의 긴장감이 풀려 졸음이 몰려온다.

"응. 나는 네가 다른 남자 만나는 거 싫어. 그러니까 만나지 마."

일주일 후, 우리는 서로에 대한 감정을 '사랑'이라고 표현할 수 있는 사이가 되었고, 매일 조금씩 사랑을 더 키워가며 함께 살고 있다.

김승연

가수 태진아의 노래 〈사랑은 아무나 하나〉 중 이런 문구가 나온다. "어느 세월에, 너와 내가 만나 점 하나를 찍을까." 평행하게 이어지는 두 개의 수평선이 하나의 점에서 교차하려면 어느 시점에 서로를 향해 기울어져야 한다. 두 선의 기울기에 따라 빨리 만날 수도, 늦게 만날 수도 있다. 만나기 전에 서로의 기울기가 또 달라져 반대의 기울기가 된다면 영영 점이 되지 않을 수도 있다. 하지만 우리는 서로를 향해 기울어져야 했던 타이밍을 놓치지 않았고 엇나갈 수 있었던 타이밍에서는 오해를 대화로 풀어가며 결국 하나의 점으로 만나 이제는 하나의 선이 되어 살아가고 있다.

김승연
미국 회계사(AICPA) 및 정보시스템감사자격증(CISA)으로 회계 및 IT 시스템 감사와 컨설팅 업무를 수행하고 있다. 미국 생활 17년 후, 처음으로 한국에 살면서 느끼는 점들에 대한 글을 쓰고 있으며, 사회문제에 관심이 많다. 문제의 분석 및 해결을 통해 다 같이 잘사는 세상, 유토피아 건설을 위해 노력하고 있다.

이현호 ✳ 시인

우물쭈물 게임북

— 〈프리랜서 작가의 하루〉 체험판

한 번 선택했던 길은 다시 갈 수 없다.

1.

어김없이 새소리에 눈을 뜬다. 바닷가가 보이는 어느 어둑한 방에서 홀로 울던 꿈. 익숙한 내 방의 모습 위로 꿈에서 본 방의 풍경이 희미하게 겹친다. 그것도 잠시. 열린 창문으로 또다시 날아든 새소리가 몽롱한 정신을 두드려 깨운다. 한여름이나 한겨울, 비가 적잖이 내리는 날 말고는 창문은 대개 활짝 열려 있다. 창밖 구경을 즐기는 고양이들을 위해서다. 다행히 고양이들은 창문 밖으로 나간 적이 없다. 군데군데 구멍이 숭숭 뚫린 한 장의 방충망이 이곳과 저곳을, 안과 밖을 아슬아슬하게 나누고 있을 뿐인데도. 우리 집이 이층인 탓도 있겠고, 어쩌면 칠여 년을 함께 사는 동안 바깥출입을 저어하는 동거인의 성정을 닮아버렸는지도 모르겠다.

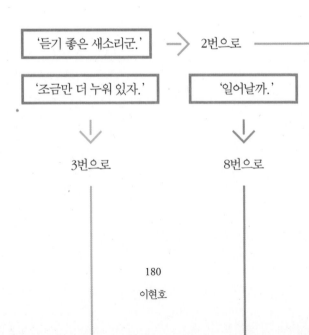

'듣기 좋은 새소리군.' → 2번으로

'조금만 더 누워 있자.'   '일어날까.'

3번으로   8번으로

2.

맞은편 건물 이층에 사는 사람은 새를 기른다. 그 집도 거의 창문을 열어놓고 지내는데, 방충망 안쪽 창턱에 앉아 바깥을 내다보며 우는 새를 두어 번 본 적이 있다. 그 새에게는 집 전체가 거대한 새장인 셈이다. 우리들의 집 바로 앞에 있는 공원에는 그보다는 처지가 자유로운 새들도 산다. 까마귀, 비둘기, 참새 그리고 종을 모르는 손바닥만 한 새들이 공원을 에두르고 있는 풀숲에 자주 머문다. 해가 뜰 무렵부터 늦은 오후까지 집 안팎의 새들은 시시때때로 우짖는다. 창문을 닫아도 집 안으로 비집고 들어올 만큼 큰 소리지만, 새소리는 다른 소음과 달리 신경을 긁지는 않는다. 건물 숲에 둘러싸인 이곳에서 새소리를 들으며 아침을 맞는 것은 오히려 특별한 행운처럼 느껴진다.

| '십 분만 더 누워 있을까.' | → 3번으로 |
| '슬슬 일어나야지.' | |

8번으로

우물쭈물 게임북

3.

새소리를 들으며 한참을 침대 위에서 뭉그적거린다. 베개를 허벅지 사이에 끼운 채 몸을 이리저리 뒤척이기도 하고, 침대 발치에 앉아 시쳇말로 식빵을 굽는 고양이들을 괜히 툭툭 건드려보기도 한다. 싫증이 나면 더듬더듬 손을 뻗어 잠들기 전 머리맡에 두었던 핸드폰을 찾아 쥐고는 밤새 무슨 일이 있었는지 살펴본다. 크고 작은 사건과 사고. 오고 가는 비난과 비방. 눈물, 절규, 슬픔, 분노. 언제나 그렇듯 기분 좋은 소식은 찾아보기 어렵다. 나쁜 일은 원하지 않아도 생기지만, 좋은 일은 스스로 만들지 않으면 안 된다. 뉴스를 볼 때마다 드는 생각이다.

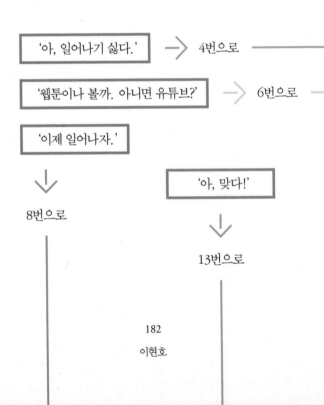

'아, 일어나기 싫다.' → 4번으로

'웹툰이나 볼까. 아니면 유튜브?' → 6번으로

'이제 일어나자.'

8번으로

'아, 맞다!'

13번으로

4.

손 베개를 하고 멍하니 천장을 올려다본다. 아무것도 생각하고 싶지 않지만, 저절로 떠오르는 생각은 막을 도리가 없다. 밀린 집안일과 마감을 며칠씩 넘겨 더는 미룰 수 없는 원고들. 조바심은 어서 침대를 박차고 일어나라고 소리치는데, 몸은 무겁기만 하다. 새들은 벌써 할 일을 마쳤는지 혹은 더위를 피해 어느 나무 그늘 아래 쉬는지 지지배배 요란하던 새소리가 드문드문하다. 이렇게 보면 미물만도 못한 인생이고, 저렇게 보면 더없이 평화로운 삶. 할 일을 생각하면 귀찮음과 압박감에 가슴이 답답하지만, 이 한낮의 고요함에 마음을 내맡기면 여기나 무릉도원이나 다름이 없다.

'인생 별거 있나.' → 5번으로

'그만 일어나자.' → 8번으로

5.

열린 창문으로 들어온 햇볕이 이불처럼 몸을 덮는다. 좀 더 운가 싶으면 기다렸다는 듯이 불어온 바람이 열기를 적당히 식혀 준다. 좋은 일은 스스로 만들지 않으면 안 된다는 생각은 잠시 물러야겠다. 가끔은 이토록 기분 좋은 시간이 제 발로 찾아들기도 하니까. 하기야 이런 소소한 행복마저 없다면 영 살맛이 안 나겠지. 나는 제대로 된 저항 한 번 하지 않고, 잠보다 더 깊은 나른함에 쉽사리 투항한다. 이대로 다시 잠에 든다면 왠지 그리운 사람의 얼굴을 만날 것도 같다.

'꿈에서라도 만나면 좋지.' ⟶ 6번으로

'꿈은 꿈이고, 현실을 살자.'

8번으로

이현호

6.

그때 마치 경종처럼 핸드폰이 웅웅 울린다. "일어났어? 아, 속 쓰려… 넌 괜찮음? 설마 진짜 떠난 거는 아니지?" 친구가 보낸 문자메시지였다. 그의 집은 우리 집에서 걸어서 일 분이면 갈 수 있다. 우리는 말 그대로 엎어지면 코 닿을 거리에 살았다. 가까운 데 사는 만큼 사이도 가까워서 우리는 무시로 서로의 집을 드나들며 곧잘 어울렸다. 나는 핸드폰에 친구의 이름이 뜨는 순간 으레 같이 밥이나 먹자는 얘기려니 했다가 곧 고개를 갸우뚱거린다. 어제 그와 술을 마신 것은 맞는데, 떠나다니? 이게 무슨 소리지.

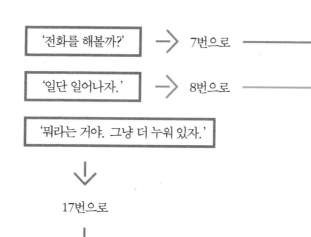

'전화를 해볼까?' → 7번으로

'일단 일어나자.' → 8번으로

'뭐라는 거야. 그냥 더 누워 있자.'

↓

17번으로

↓

———→

7.

　— 정말 기억 안 나? 네가 오늘 일어나자마자 바다 보러 간다며.

　— 내가? 왜?

　— 내가 너한테 맨날 집에만 있으니까 그 모양 그 꼴이라고 했더니, 네가 발끈했잖아.

　— 내가 뭐라고 발끈했는데?

　— 알코올성 치매야? 네가 글 안 써진다고 하도 징징거려서 내가 어디 가까운 데라도 좀 갔다 오라고 했잖아. 집에 처박혀 있으니까 쓸 게 없는 거라고. 밖을 돌아다녀야 글감도 생기고, 연애도 할 수 있는 거라고. 그랬더니 네가 처음에는 여행은 상상력이 부족한 사람이나 가는 거라고 실실 쪼개다가 갑자기 미친 사람처럼 태도가 돌변하더니 오늘 눈 뜨자마자 바다 보러 간다고 했잖아.

| '내가 술에 취해서 또 헛소리를 했구나.' | ⇒ 8번으로 ——— |

| '당장 원고 마감이 급한데, 여행은 무슨.' | ⇒ 11번으로 ——— |

| '아, 기억났다!' |

↓

13번으로

8.

　　침대와 한 몸인 듯 누워 있던 몸을 느릿느릿 일으킨다. 목이 마르다. 냉장고에서 꺼낸 물을 벌컥벌컥 들이켜자 목구멍에서 뱃속까지 시원한 기운이 퍼진다. 하늘 높이 두 팔을 쭉 뻗고, 있는 힘껏 기지개를 켜니 몸과 정신에 활기가 좀 도는 듯싶다. 거실 가운데 서서 집 안을 한 바퀴 빙 둘러본다. 어제 친구와 술판을 벌이고 치우지 않아 어지러운 식탁과 밀린 설거지 따위가 눈에 들어온다. 날이 더워지면서 더 많이 빠지기 시작한 고양이 털도 방바닥 여기저기에 보인다. 해도 해도 끝이 없는 청소. 하지만 집안일만큼 내가 살아 있음을 증명해주는 것도 없다. 집안일은 삶의 증거다.

'일단 눈에 보이는 것부터 좀 치우자.' $\longrightarrow$ 9번으로

'지금 집안일이 중요한 게 아니지. 원고 마감부터 하자.'

11번으로

'아, 귀찮아. 잠깐만 다시 누워 있다가 할까.'

17번으로

9.

생활에는 루틴이 없지만, 집안일에는 루틴이 있다. 집안일을 하다 보면 중간에 지쳐 나가떨어지기 일쑤라서 오래 방치해두면 안 되는 것부터 한다. 첫 번째는 설거지다. 설거지거리가 쌓이면 냄새도 냄새려니와 벌레가 꼬일 수도 있다. 다음은 고양이 화장실 청소. 우리 집 고양이들은 그나마 무던한 편이지만 예민한 고양이들은 화장실이 조금만 더러워도 일을 보지 않는다. 화장실을 제때제때 치워주지 않으면, 대소변을 참다가 신장과 방광 등에 탈이 나기 십상이다. 남은 일은 빨래, 바닥 청소 따위. 이것들은 빨래통이 넘치고, 고양이 털 뭉치가 덤불처럼 방바닥을 굴러다닐 때까지 미뤄도 된다. 물론 말이 그렇다는 것이지 적어도 일주일에 한 번쯤은 해야 사람답게 살 수 있다. 그리고 지금 이 순간 나는 잠시 사람이기를 포기하고 싶다. 막 고양이 화장실 청소까지 마치고 나니 만사가 귀찮기만 하다. 게다가 집안일 말고도 해야 할 일이 있고, 배도 고프다.

'다시 설거지거리 만들기는 싫고. 혼자 먹기도 그렇고. 걔랑 밥이나 먹을까.'

10번으로

'밥 먹을 시간이 어디 있냐. 원고부터 쓰자.'

11번으로

'좀 피곤하네. 잠깐 쉬었다가 일을 하든지 밥을 먹든지 할까.'

17번으로

이현호

엎어지면 코 닿는 데 마음이 잘 맞는 친구가 산다는 것도 복이라면 복이다. 너무 자주 봐서 이제는 이웃사촌을 넘어 가족과 다름없는 친구. 우리가 이렇게 아무 때고 만날 수 있는 것은 나도 그도 재택근무를 하는 프리랜서이기 때문이다. (사실 말이 좋아 프리랜서지 일이 없으면 그저 백수고 한량이지만) 우리는 프리랜서일 때도 백수일 때도 빈번히 만나 한량처럼 놀았다. (논다고 해봤자 매번 술이나 마시는 것뿐이지만) 나는 늘 그랬듯이 거절 따위는 염두에 두지 않고, 그에게 전화를 건다. 역시나 그는 대번에 알았다고 하며 거기서 보자고 한다. 거기라면 우리 집과 그의 집 중간에 있는, 그러니까 각자의 집에서 걸어서 삼십 초면 도착할 수 있는 국밥집이다. 우리는 곧 너나없이 슬리퍼를 질질 끌고 나와 세수도 안 한 얼굴로 마주한다. 그러거나 말거나. 신경림의 시 「파장(罷場)」의 한 구절처럼 "못난 놈들은 서로 얼굴만 봐도 흥겹다". 흥겨운 자리에 술이 빠질 수야 없지. 어차피 내가 안 시켜도 그가 시킬 터. 아무렴 해장술이라도, 낮술 혹은 밤술이라도, 반주라도 다 좋다.

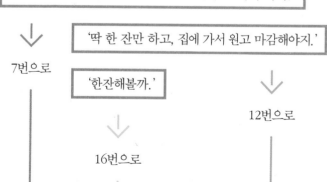

'술 마실 때가 아니지. 밥만 먹고 수다나 좀 떨다가 가자.'

7번으로

'딱 한 잔만 하고, 집에 가서 원고 마감해야지.'

'한잔해볼까.'

12번으로

16번으로

11.

시간이 얼마나 흘렀을까. 나는 문서 작성 프로그램이 띄워진 모니터 앞에 망부석처럼 앉아 있다. 마음은 키보드를 타고 백지 위를 내달리고 싶은데, 누군가 생각에 멍에를 씌운 듯 아무것도 떠오르지 않는다. '글을 못 쓴다.'라는 말에는 두 가지 의미가 있다. 하나는 글이 형편없다는 뜻이고, 다른 하나는 글쓰기 자체를 시작할 수 없는 상태를 말한다. 전자는 노력으로 극복할 수 있는 문제지만, 후자는 속수무책이다. 아이디어와 감정의 고갈, 할 이야기도 하고 싶은 이야기도 없음. 언제부터인가 나는 이 속수무책의 굴레에 갇혀버렸다. 마감에 맞춰 억지로 글을 쥐어짜내는 것도 이제는 한계. 최근에는 난생처음 원고를 펑크 내기까지 했다. 오, 하느님 부처님 예수님 공자님. 돌파구가 필요하다.

10번으로 ← '다 먹고 살자고 하는 짓인데, 머리도 식힐 겸 나가서 밥부터 먹고 오자.'

'모름지기 글 쓰는 사람은 엉덩이가 무거워야지. 글이 나올 때까지 버텨보자.' → 12번으로

'당일치기로 여행이라도 다녀올까.' → 13번으로

이현호

12.

　세상에는 근성만으로 되는 일이 있고, 또 그렇지 않은 일이 있다. 글은 써지지 않고, 시간이 갈수록 술에 취한 듯 정신이 몽롱하다. 만약 내가 겪고 있는 모든 불행이 원인을 알 수 없는 병 때문이라면, 그저 불치병이 아니길 기도할밖에. 나는 "산다는 것이 태양이 빛나는 날 바나나 장수가 있을 때 거리에서 바나나를 사는 것에 불과할지라도, 글을 쓰는 편이 삶을 감행하는 것보다 낫다."라는 페르난두 페소아의 말을 떠올린다. 어떻게든 써야 한다.

11번으로 ← '포기하지 말자. 할 수 있어.'

13.

가볍게 짐을 꾸린다. 백팩에 옷가지 몇 벌과 노트북, 읽다 만 소설책 한 권을 챙긴 것이 전부. 그러고 보니 어제 잠들기 전 오늘은 바다라도 좀 보고 오자고 마음먹었던 것이 어렴풋이 기억난다. 내게는 환기가 필요하다. 글을 쓰기 위한 새로운 동력과 자극이 절실하다. 나는 이리저리 따지며 재다가 결국 아무것도 하지 못하는 스스로의 병폐를 잘 안다. 그래, 밑져야 본전이지 뭐. 나는 핸드폰에서 지도 앱을 켠다. 서해가 가장 가깝다. 근처 터미널에서 출발하면 한 시간 반쯤이 걸린다. 우리 집에서 바다가 이렇게 가까웠던가, 아니 먼 건가. 그런데 지금 가면 집에는 언제 어떻게 와야 하나. 나는 고개를 가로저으며, 잡념을 떨친다. 생각하기를 멈추고, 빚쟁이를 피해 달아나는 사람처럼 나는 서둘러 집을 나선다.

'떠나자.' ⟶ 14번으로

14.

　잠시 바다는 아름다웠다. 늦은 오후의 햇살과 바닷바람이 만든 윤슬이 눈부시다. 그러나 그뿐. 바다를 바라본 지 채 오 분도 못 돼서 나는 곧 지겨워졌다. 사실 나는 자연경관에 별다른 감흥을 느끼지 못했다. 내게 바다는 그저 물이 많이 고여 있는 곳, 산은 단지 흙과 돌이 높게 쌓여 있는 것에 불과했다. 이것이 내가 여행에 별다른 흥미를 느끼지 못하는 이유 중 하나였다. 약간의 기대를 품고 오랜만에 찾은 바다였지만, 눈앞의 바다는 국어사전의 정의대로 "지구 위에서 육지를 제외한 부분으로 짠물이 괴어 하나로 이어진 넓고 큰 부분"일 따름이었다. 눈앞의 바다는 영화 속의 그것보다도 내 상상 속의 그것보다도 나은 점이 없다. 바다를 배경으로 사진을 찍는 사람들이 몇몇 눈에 띈다. 나는 카메라 렌즈를 향하는 그들의 미소를 이해할 수 없다. 왠지 나는 서글펐다.

'그래도 여기까지 왔는데….
숙소를 잡고, 하룻밤은 자고 갈까.' → 15번으로

'그냥 집에 가자.' → 16번으로

15.

방의 불을 다 끄고, 침대 위에 눕는다. 무엇을 해야 할지 알 수가 없다. 또 무엇을 할 수 있는지도. 나는 어둠과 적막 속에 나를 내버려둔다. 빛과 소리가 차단된 방은 마치 관(棺) 속 같기도 하고, 지구 밖 우주 같기도 하다. 나는 점점 마음이 편안해짐을 느낀다. 내게 꼭 맞는 튜브에 몸을 실은 채 한 점 파도도 없는 밤 바다 위를 유유히 떠다니는 기분이다. 조난당할 걱정이 없는 바다. 어둠 속에서 빛나는 별들. 문득 머릿속에 몇몇 단어가 떠오른다. 단어들은 별들이 모여 별자리를 이루듯 저희들끼리 문장을 만든다. 나는 자리에서 일어나 그 문장을 메모하려다가 그만둔다. 어째서인지 이대로도 괜찮다는 생각이 든다.

'정말 이대로 괜찮을까.'

1번으로

16.

(페이드아웃)

15번으로 ← | 집에 갔다면 |

| 한잔했다면 | → 17번으로

17.

　　이만큼 살았으면 스스로에게 놀랄 일이 더는 없을 만도 한데, 나는 종종 나를 놀라게 한다. "열 길 물속은 알아도 한 길 사람 속은 모른다."라는 속담은 타인뿐 아니라 자기 자신에게도 할 수 있는 말이다. 사람이 이렇게 쉽게 또 많이 잘 수 있다니. 어떤 의미로는 대단하다고 해야 할까. 정신을 차려보니 어느새 방 안이 어둠에 물들어 있다. 마음만 바쁘고 한 일은 별로 없는데, 하루가 다 저물어버렸다. 아무것도 하지 않아도 시간은 가고 삶은 이어지는 법. 뱃속에서 꼬르륵꼬르륵 소리가 난다. 미지의 생물이 새장 속의 새처럼 내 뱃속에 갇혀서는 울부짖는 듯하다. 자괴감과 어이없음과 허탈함 따위가 뒤섞인 묘한 감정이 든다. 문득 "몇 번이라도 좋다. 이 끔찍한 생이여. 다시!"라는 말이 머릿속에 떠오른다. 내가 지금 만들어낸 문장인지 어느 책에서 본 구절인지 모르겠다.

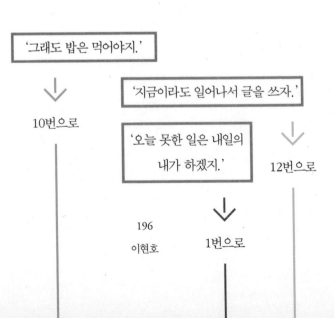

'그래도 밥은 먹어야지.'

'지금이라도 일어나서 글을 쓰자.'

10번으로

'오늘 못한 일은 내일의
내가 하겠지.'

12번으로

1번으로

196
이현호

이현호

시집 『라이터 좀 빌립시다』, 『아름다웠던 사람의 이름은 혼자』가 있다. 대부분의 시간을 방에서 고양이 두 마리와 지낸다. 누가누가 더 오래 누워 있나 내기라도 하는 듯이.

우물쭈물 게임북

정명국 ✳ 프로듀서

타이밍의 예술

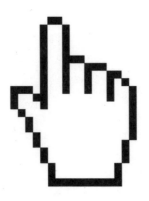

정명국

우물쭈물하다가 타이밍을 놓치면 망해버리는 업(業)이 있다. 잘 짜인 타이밍을 연속적으로 만들어 한 편의 이야기를 만드는 일. 그 타이밍을 업으로 삼고 있는 직업, 바로 애니메이션을 만드는 사람들이다.

　거의 모든 이들이 어렸을 적 애니메이션을 보며 자랐을 것이다. 나 또한 애니메이션, 만화영화를 놓치지 않고 봤던 것으로 기억한다. 지금이야 흔하디흔한 것이 애니메이션이고 만화영화이지만, 그 시절에는 1주일에 1~2편 정도 텔레비전에서 30분간 방영하는 만화영화를 기다리고 기다리며 봤던 기억이 떠오른다. 〈마징가 제트〉, 〈은하철도999〉, 〈미래소년 코난〉 등 주로 일본 만화영화와 〈딱따구리〉, 〈톰과 제리〉 등 미국 등지의 해외에서 수입한 만화영화가 대부분이었고, 우리나라에서 만든 만화영화는 드물었는데 간혹 여름방학 극장에서 만날 수 있는 〈로보트 태권 V〉, 〈똘이장군〉 정도였다. 어쩌다 국내에서 만든 애니메이션이 방영이나 상영을 하면, 큰 기대를 가지고 봤던 것으로 기억한다. 그 이후 많은 시간이 흘렀지만, 아직도 우리나라에서는 만화영화를 만드는 것을 업으로 살고 있는 직업이 흔치 않다.

첫 번째 타이밍

　　대기업이 첫 직장이었고, 내 직업이 뭐냐고 물으면 '회사원'이었다. 직업이 '회사원'이라니⋯. 하지만 주변 사람들로부터 안정적인 직업을 가지고 있다는 얘기를 많이 들었고, 그 덕에 가정도 꾸리게 되었으며, 부모님이 그토록 바라던 따박따박 월급봉투 받는 업을 가지게 되었다.

　　첫 번째 타이밍은 회사원으로 근무하던 직장에서 찾아왔다. 함께 근무하던 선배의 지인은 광고 영상을 만드는 분으로 새롭게 사업을 시작했는데 그 일이 애니메이션을 만드는 것이었다. 지금도 그렇지만 그 당시에도 애니메이션을 만드는 분을 만나기란 흔치 않은 일이었고, 그분으로 인해 애니메이션을 만드는 업이 꽤나 흥미롭다고 생각했다. 또한 그분이 우리나라에서 최초로 100억이라는 예산을 들여 애니메이션을 만드는 제작자라는 것에 놀랐다. 무려 100억, 할리우드에서나 만든다던 CGI애니메이션, 국내 최초 등등 흥미를 가지기에 충분한 내용들⋯. 당시만 하더라도 상상도 하지 못했던 일들을 벌였던 그분은 내게 마침 애니메이션 마케팅을 해야 할 사람이 필요하니 이직하여 해보지 않겠냐는 제안을 했고, 그렇게 나의 첫 직업은 회사원에서 애니메이션 마케터로 바뀌게 되었다. 더 이상 회사원으로서 무색한 일을 하는 것이

정명국

아니라 애니메이션 영화라는 상품을 극장 관객에게 팔기 위하여 홍보, 광고 등을 하는 마케팅 업으로 이직하게 된 것이다. 하지만 대기업을 나와 나에게 첫 번째 타이밍으로 구체적인 업을 만들어주었던 그 애니메이션은 결국… 망했다.

애니메이션이 흥행에 참패하면 참으로 쓰다. 함께 일하던 모든 이들이 뿔뿔이 흩어지고 등지는 이들도 있으며, 나중에는 서로 탓하기에 바빠진다. 굳이 나보고 흥행에 참패한 원인을 물으면, 타이밍이 안 맞았다고 얘기한다. 맞다, 타이밍이 좋지 않았다. 무책임하지만 뭐, 어쩌겠나. 본디 흥행의 원인 중 타이밍은 중요한 덕목으로 관객들과의 타이밍이 맞지 않으면 흥행할 수 없다. 그렇게 찾아온 업으로서의 첫 번째 타이밍은 실패였다. 우물쭈물하지도 않았고 망설이지도 않았는데 망했다.

대기업으로 다시 입사했다. 또다시 '회사원'이 된 것이다. 무색무취의 '회사원'이지만 이보다 안정적인 직업이 또 있을까? 그사이에 아이들이 태어났고 그 아이들을 기르는 일에 대기업 '회사원'만큼이나 안정적인 울타리는 없다. 어느 정도 자란 아이들이 아빠의 직업을 물을 때면 주저 없이 회사원이라고 얘기했던 거 같다. 이제 그 아이들이 애니메이션을 보며 또 묻는다. 아빠 직업은 뭐냐고,

"응… 아빠 직업은 회사원이지… 테마파크가 직장인 회사원…!"

타이밍의 예술

두 번째 타이밍

두 번째 타이밍도 그 직장에서 왔다.

아이들의 대통령으로 불리는, 우리나라에서 가장 유명한 애니메이션을 만든 회사와 함께 테마파크의 캐릭터 테마를 만들어 론칭하는 일을 하게 되었는데, 이게 큰 성공을 하게 된 것이다. 덕분에 직장에서도 앞으로 계속 성공한 캐릭터를 활용하여 파크의 테마로 론칭하는 업무를 맡게 되었다. 그렇게 새로운 캐릭터 테마를 찾던 중 문득 이런 생각이 들었다.

"만화 캐릭터가 주인공인 애니메이션을 내가 직접 만들어볼 수 없을까?"

나는 애니메이션 전공자가 아니라 감독이라는 업으로 만화 캐릭터나 이야기를 직접 만들 수는 없지만, 애니메이션의 제작자로서의 업을 가질 수는 없을까? 마침 강원도에 있는 모 회사에서 애니메이션 사업실장을 채용한다는 공고를 보고 지원했는데 합격되어버렸다. 절묘한 타이밍에 애니메이션을 직접 만드는 팀을 이끄는 수장으로서 기회를 얻게 된 것이다. 아마도 우물쭈물했다가는 얻지 못했을 기회였고, 이 회사에서 애니메이션 제작을 업으로 할 수 있는 프로듀서가 되었다. 가장 처음 실감했던 것은 명함에 과장, 부장의 직급이 아닌, 프로듀서란 직책으로 표기할 수 있다는 것과, 제작스태프의 크레디트에 내 이름 석 자와 함께 프로듀서라고 표기할 수 있다는 것이었다.

정명국

두 번의 이직을 통해 애니메이션 프로듀서, 만화영화 제작자라는 업을 얻게 되었고, 회사의 이름으로 여러 편의 애니메이션을 만들어보면서 알게 된 것이 있다. 울타리에서 나와 아무것도 없는 상황에서 자기 이름으로 애니메이션을 만들어내는 것이 '찐제작자'라는 사실. 아무것도 없는 상황에서 프로젝트를 설계하며 자본을 모으고, 여러 스태프와 소통하여 자신이 기획한 애니메이션 작품을 만드는 일이 프로듀서의 진짜 업이라는 것을 알게 되었다.

세 번째 타이밍

이제 나 스스로 애니메이션을 만들어야 할 타이밍이다. 회사의 울타리에서 안정적으로 만드는 것이 아니라 프로듀서 업을 통해 나의 애니메이션 프로젝트를 만들어야 하는 시기이다. 우물쭈물하다가는 좀처럼 기회를 얻지 못할 것이다.

세 번째 타이밍은 국가의 도움으로 얻게 되었다. 여러 지원사업을 찾던 중, 마침 딱 떨어지는 지원사업에 응모하여 기회를 얻을 수 있었고, 지금 그 일을 하고 있는 중이다. 이 일이 성공할 수 있을지는 아직 모르지만, 한 가지 확실하게 알고 있는 건 모든 타이밍이 절묘해야 한다는 사실이다.

타이밍의 예술

마지막 타이밍

애니메이션은 타이밍의 작업이다. 내 직업이야 적절한 타이밍에 다행스럽게도 프로듀서라는 업으로 만들 수 있었지만, 애니메이션을 만드는 작업은 우물쭈물하다가 타이밍을 놓치거나 뒤틀어지면 그만 망해버리는 작업이다. 함께 만드는 스태프들… 작가, 감독, 음악 담당, 디자인 아티스트, 키애니메이터, 라이팅 전문 아티스트 등 각자의 업이 있으며, 각자의 역할과 임무를 적절한 타이밍에 맞춰서 작업해주어야 한다.

애니메이션 결과물도 마찬가지이다. 70분의 극장용 애니메이션을 만들기 위해서는 126,000장의 그림이 필요하다. 그 한 장, 한 장의 그림들이 서로 유기적으로 타이밍 맞게 배치되고 연결되어야 우리가 볼 만한 영상으로 만들어진다. 성공 여부를 떠나 일단 만들어지는 과정이 모두 적절한 타이밍에 맞춰서 이루어져야 하기에 애니메이션을 타이밍의 작업이라고 부른다.

애니메이션 타이밍은 많은 시행착오와 제작 경험을 통해 얻는 감각이다. 조금 더 빨리, 또는 조금 더 늦게 잘라보고 붙여보고 늘여보며, 만화 캐릭터들의 연기를 조율해야 얻을 수 있는 결과물들이다. 어떻게 보면 좋은 결과물을 얻기 위해 우물쭈물하면서 적절한 타이밍을 찾아야 하는 과정이라고 볼 수 있다. 적절한 타이밍…. 모호한 표현이지만 아직 성공 여부를 모르기 때문에 그 타이밍이 적절한지 알 수가 없다. 그저 마지막까지 타이밍을 찾아가는 수밖에.

최근 우리나라 문화 콘텐츠의 위상이 날로 높아지고 있다. K-

정명국

POP, 드라마의 전 세계적인 위상은 말할 것도 없고, 이제는 영화도 날개를 달고 있는 상황이지만, 아직 우리나라의 애니메이션 제작 상황은 실패담이 더 많고 처참하다.

갈 길이 정말 까마득하다. 애니메이션의 흥행과 성공을 위하여, 어떤 이는 스토리의 중요성을 강조하고, 어떤 이는 제작하는 사람들의 능력을 이야기하며, 또 어떤 이는 아직 때가 되지 않았다고도 한다. 한 가지도 중요하지 않은 것이 없지만, 정말 아직 때가 되지 않은 것일까? 알 길이 없다. 가보지 않은 길을 가면서 적절한 때와 타이밍을 알 수는 없기 때문이다.

나는 타이밍의 작업이라는 애니메이션 제작을 업으로 하고 있지만 아직 적절한 타이밍을 찾지 못하였다. 그렇다고 멈출 수도 없다. 그렇게 우물쭈물하면서 마지막 타이밍을 찾아 조금씩 전진할 것이다.

정명국

프로듀서. 스마트스터디 애니메이션제작본부 본부장.

타이밍의 예술

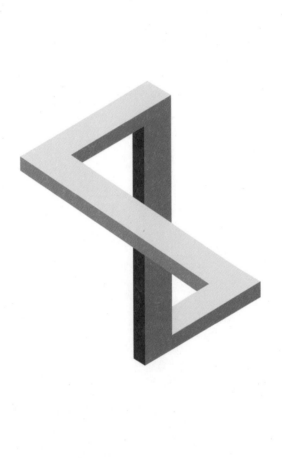

문예단행본 ✳ **도마뱀** ✳ 04 ✳ **타이밍**

2021 여름

우물쭈물하다
이럴 줄 알았지

초판 인쇄 2021년 7월 12일

초판 발행 2021년 7월 19일

지은이 허 희, 김선오, 정지향, 김종현, 김아주,
박성운, 박은정, 김일두, 황예지, 김건영,
임선빈, 우다영, 김승연, 이현호, 정명국

기획·편집 박은정, 이유진, 이현호, 임지원

책임편집 이현호

디자인 와이젤리

펴낸곳 도마뱀출판사

펴낸이 조동욱

등록 제2007-000083호

주소 03057 서울시 종로구 계동2길 17-13(계동)

전화 (02) 744-8846

팩스 (02) 744-8847

이메일 aurmi@hanmail.net

블로그 http://blog.naver.com/ybooks

ISBN 978-89-960189-8-8   04810

ISSN 2765-5342   12

✳ 책값은 뒤표지에 있습니다.

✳ 잘못 만들어진 책은 바꿔 드립니다.